光文社文庫

文庫書下ろし

駅に泊まろう！

コテージひらふの雪師走

豊田　巧

KOBUNSHA

光　文　社

この作品は光文社文庫のために書下ろされました。

目次

第一章　比羅夫《ひらふ》に来て二度目の冬がきた　5
第二章　亮の婚約者　55
第三章　落とし物　101
第四章　親への感謝の伝え方　121
第五章　北海道一のホテル　149
第六章　亮の夢　185
第七章　年末のコテージ比羅夫　221
あとがき　238

第一章　比羅夫《ひらふ》に来て二度目の冬がきた

私が、「コテージ比羅夫」という、駅のホームにある変わった宿のオーナーになってから、二度目の冬がやってきた。

二十四歳でここへ来て約一年三か月、私、桜岡美月《さくらおかみつき》は二十五歳になった。

十二月ともなれば、コテージ比羅夫はもちろん倶知安《くっちゃん》の町は銀世界。

十月中旬頃に北海道で雪虫と呼ばれる、おなかのところに白い綿のようなフワフワしたものを抱えて飛んでいるムシを大量に見たと思ったら、雪がチラチラと舞い始める。

すぐ隣り町のニセコは、パウダースノーの人気スキー場となっているくらいだから、北海道でも日本海側で背後に羊蹄山《ようていざん》が迫る比羅夫は、とても積雪が多い。

十月後半から十一月あたりで初雪を見たかと思えば、ある日の夕方、

「今日はたくさん降るなぁ」

なんて思いながら寝て、朝、目を覚ますと……駅はすっかり雪に埋もれている。

こうなってしまったら、静けさに包まれた銀世界が春まで続く。

東京にいた頃は、クリスマス前に天気が崩れて関東上空に寒気団が入ってきたりすると、

「今年はホワイトクリスマスになるかも!?」

なんて盛り上がったものだけど、比羅夫のクリスマスは毎年確実にホワイトだ。

去年の十二月は犬のようにホームを駆け回っていたが、さすがに二年目ともなると少しは私にも落ち着きが出てくる。

お客さんが食事をする一階リビングのホーム側の窓から外を見上げて、

「明日は朝からホームの雪かきをしておかないと……」

なんて考えるようになった。

ちなみに比羅夫の「雪かき」はスコップでやるようなレベルではなく、田植え機のようなロータリー除雪機を使って雪を遠くに吹き飛ばす。

ひどい時にはそんな作業を毎日やらなくてはいけないこともあるのだ。

そんな十二月に入ったばかりのある日の朝。

目覚まし時計代わりにしている、6時30分着の長万部《おしやまんべ》行各駅停車のディーゼル音がしなかったが、私は習慣でいつもの時間にパッと目を覚ました。

「……やっぱり」

私はガバッと掛け布団を払いのけてベッドから起き上がる。

東京にいる母からは「北海道だと寒いでしょう」なんて電話で言われるが、こっちはガンガンに暖房を効かせている家がほとんどなので室内はいつも暖かい。

コテージ比羅夫も室温は常に二十四度以上を保っていて「ここは南国か⁉」ってくらいなのだ。

だから、外へ出ないなら、半袖Tシャツ短パン姿で過ごすことも余裕だ。

部屋着からパッパッとカーキのチノパンと、長袖の白いダンガリーシャツに着替えた。

冬のコテージ比羅夫では、これが私の制服ってことになる。

洗面所で洗顔をすませ、軽いメイクをしてから髪をセットする。

ちなみに東京でブラック居酒屋チェーン店の店長をやっていた頃と比べれば「なにもしてないんじゃないの？」ってくらいの簡単メイクで、髪にしたって「寝癖になってなければいいや」といった程度。

こうした部分は「オーナーとしてまったく求められていないな」と感じて、全て簡単にしてしまったのだ。

「よしっ、今日も始めるぞ！」

鏡に映る自分に言い聞かせてから、ドレッサーから立ち上がり部屋を出る。

いつものように、廊下にはおいしそうな北海道味噌の香りが漂っていた。

周囲が曇ったガラス窓から外を見ると、雪は降っておらず少しだけ青空も見えた。

私はトントンとリズミカルな包丁の音が響くキッチンに入る。

「おはようっ、亮《りょう》！」

コテージ比羅夫自慢の料理人の、東山《ひがしやま》亮が朝食を作っている。

「あぁ、おはよう、美月」

私がオーナーになってから一年三か月経つというのに、亮は振り返ることもなく、ぶっきらぼうだ。

初めての人は「不機嫌なの!?」って不安に感じるかもしれないが、亮はこれで平常運転なのだ。

いやむしろ、料理を作っている時の亮は、鼻歌混じりの上機嫌といってもいい。

今まで亮の鼻歌なんて、聞いたこともないけど……。

今日もシミ一つない真っ白なコックコートをビシッと着こなし、小さな皿に注いだお味噌汁の出来をチェックする。

「よし……いいだろう」

納得した亮はお味噌汁の入っている鍋に、白い湯気を切るようにすっと蓋をした。

今日の味噌汁鍋が大きな寸胴ではなく家庭用サイズなのは、夏に比べて宿泊するお客さんがとても少ないから。

今日コテージ比羅夫に泊まっているのは、一組二人だけだ。

これは別に私のオーナーとしての力量不足でお客さんが激減したわけじゃなく、毎年、冬のコテージ比羅夫はこういう状態なのだ。

このコテージを訪れるお客さんの中で一番多いのは、羊蹄山への登山客。

標高千八百九十八メートルある成層火山の羊蹄山は、冬には頂上から裾まで雪に覆われてしまい避難小屋も閉鎖されるため、熟練の登山客しか登らない。

だから、以前から冬にコテージ比羅夫に泊まるお客さんは少なかったらしい。

反対に春から秋にかけての半年間は「休みなしのブラック職場!?」という日々が続くので、私と亮は冬にまとまった休みを交代で取っていた。

「こんな特殊な休みの職場じゃ、誰とも付き合えないじゃない！」

そんなことを酔った時に亮に言ったら、

「海の家の従業員とならタイミングが合うんじゃないか？」

なんてことを真面目な顔で言われた。

「そろそろ卒業か？　美月」

朝食の準備を終えた亮は、やっと振り返る。

「今は第四段階の路上教習中だから、来週には卒業試験なんじゃないかな」

去年、この時期が暇だと分かった私は、

「やはり！　北海道では運転免許証を持ってないと、どうにもならん！」

と、一念発起して、秋から倶知安の自動車学校に通い出したのだ。

なんとか雪が降る前に免許を取りたかったのだが、私の読みは甘く、北海道に冬将軍が到来した十二月になっても通っていた。

それは自分が悪いのだが、雪のシーズンの教習には不満があった。

「北海道の自動車学校は『初心者の私に、なにさせんのよ!?』って感じよ。だってズリズリ滑りまくる道路の上で教習するんだから！」

亮は「当然」といった顔でフンッと鼻を鳴らす。

「踏み固めた雪が氷点下の夜になれば氷になるからな。アイスバーンとかミラーバーンになったら、スタッドレスタイヤでもアッサリ滑るさ」

本当に道路が鏡のようにピカピカ光るミラーバーンはシャレにならない。

日陰になっている道路によく潜んでいるミラーバーンに乗ってしまったら、滑ってブレーキを踏んでもすぐには止まらないのだ。ＡＢＳが何度も作動して、ガクガクと車体が震えながら停車するのが怖い。

東京で免許を取っていたら、こんな恐怖は絶対に味わわなかっただろう。

どうして運転初心者が、ハードな雪道走行まで訓練しなくちゃいけないのか？

「あんな道を路上教習に選ぶとか、ちょっとおかしいんじゃない⁉」

「自動車教習所なんだから、それでいいだろう。比羅夫は半年間雪道なんだぞ」

亮は不満気な私がおかしかったらしくニヤッと笑った。

炊飯器では真っ白な北海道産お米の美味《おい》しいご飯が炊き上がり、朝食のおかずのだし巻き玉子や焼きシャケの切り身や野菜などが準備されていた。

キッチンから直接見えないが、私は線路の方を向いて言う。

「やっぱり止まったね、始発」

私が起きがけに「やっぱり」と言ったのは、このことだった。

「あれだけ昨日から降っていたらな……」

夕方から降り出した雪は夜になっても止《や》まずに、早朝まで降っていたようだった。

去年の体験から、お風呂に入る時にホームで見た雪の降り加減で、明日の始発が運休になるかどうかくらいは、だいたい予測がつくようになっていた。

「列車が動くまでの対応は任せるぞ、美月」

「大丈夫、任せて」

そんなキッチンでの朝の会話が、コテージ比羅夫の朝ミーティングといったところ。

なにか設備の不具合があった時や、体調などを注意しなくちゃいけないお客さんがいる場合は、いつもこうして朝のキッチンで話している。

「じゃあ、私はリビングの準備をするから」

「おぅ、いつも通りで頼む」

「今日は二人だから、窓際に準備する」

さすがに一年三か月も経つと、亮から「なにやってんだ！　美月」なんて怒られることもなくなった。

ただ、料理に関しては来た時から任せっきりなので、もし亮に休まれてしまったら、お客さんに出せるものがインスタントラーメンくらいしかなくなる。

私はもともと料理が得意じゃなかったので、亮の美味しい料理を食べ続けているうちに、まったく料理を作る気がなくなってしまった。

だって、私が「あぁ〜あれ食べたいな」とかつぶやくと、知らないうちに亮が献立に入れてくれるのだから、自分で作る気なんてますます起きなくなる。

私はリビングに入って、朝のルーティンである掃除を始める。

ここはもともと切符などを販売していた駅員室で、今は真ん中に大きな丸太で作られたテーブルが置かれた、ログハウス風のおしゃれなリビングルームになっている。

リビングの奥はホームに面していて、ズラリと並ぶガラス窓からはホームに入ってくる列車が見られるように、ウッドカウンターが外向きに設置されていた。

ガラス窓の近くには黒くて無骨な大きなダルマストーブがある。

ストーブの上には、室内が乾燥し過ぎないようにと加湿機代わりに丸い大きなヤカンがのせられていて、S字に曲がった口先から白い湯気がほんのり上がっていた。

私は丸太のテーブルや切り株を加工して作られた椅子をダスターで拭き上げ、少し火力が落ちてきていたストーブに新しい薪《まき》を一つゴンと放り込む。

閉めた扉についている耐熱ガラスの窓から見ると、真っ赤になっていた薪から、今くべた薪に火がボッと燃え移って、暖かさが数度増した感じがした。

それからお客さん用のトイレや玄関、駅の待合室まで掃除する。

夏だったら駅前もホウキで掃くところだけど、もう地面は春まで雪の下だ。

そんなことをしているうちに7時半になり、昨日から宿泊していたお客さんが二階から下りてくる。

今日のお客さんは、北海道の雪景色を撮りに大阪からやってきたお二人で、大学時代に写真部で知り合い、四十代になる今でも友達だと聞いた。

「おはようございます、西和田《にしわだ》さん、茅沼《かやぬま》さん」

私がニコリと笑うと、お客さんも微笑《ほほえ》み返してくれる。

「おはようございます、オーナーさん」

銀縁眼鏡をかけた少しメタボ体型の西和田さんは、リビングを勢いよく横断して窓際のウッドカウンターにバンと両手をついて外をじっと見つめる。

「あかん、完全に電車が止まってんがな～～～」

テーブルの横にいた私は、窓に向き直る。

「そうですね。今日は始発から運休みたいです」

「うっ、運休～～～!?　どないしよう～」

「運休って……ほんまか～？」

疑うような口ぶりで言った茅沼さんは、ゆったりと歩いてきて、少し薄い髪を手で直しながら、口を思いきり開いて「ふわぁぁ」と大あくびする。

「へぇ～ええ感じに積もったやんなぁ」

悠長《ゆうちょう》な茅沼さんの胸に、西和田さんは右手の甲で素早く突っ込みを入れる。

「なに呑気《のんき》なこと言うてんねん！」

突然起こる予想外なお笑い展開に、私はアハハと笑ってしまう。

まるで漫才を見ているような二人の会話に、私は昨日から笑いっぱなしだった。

でも、西和田さんと茅沼さんは「こんな日常会話でなにがおもしろいんや？」って感じで、私が笑っていることに首をひねっていた。

胸に勢いよく突っ込みが入っても、茅沼さんにはなんの変化もない。

「なんでやねん。雪の写真撮りに来たんやから、これで万々歳《ばんばんざい》やないか」

平然とした顔で窓から雪に埋もれた線路を見つめる。

「電車止まったら！　撮りたい場所まで行けへんやろがい」

「確かに……それもそやな～。ほな、どうしよ？」

ボンヤリ言った茅沼さんに、西和田さんはもう一発突っ込む。

「せやから！　最初から困っとるんやろが～～!!」

「せやったら、もっとハッキリ言えや」

マイペースの茅沼さんはニッと笑った。

すぐ後ろで見ていた私は、お腹を両手で抱えながらククッと笑っていた。

「あっ、あの」

「なんです？　オーナーさん。なんぞ、いい手でもあります～？」

少し笑いがおさまった私は、胸を張ってみせる。

「た・ぶ・ん……大丈夫ですよ。9時3分の倶知安行は、ちゃんと来ると思いますから」

二人は分かりやすく目をグッと大きく開いて『ほんまに!?』と一緒に聞き返す。

「えぇ、こういうことはよくあるので、ＪＲも対応してくれますから……」

もう一度窓の外の線路を西和田さんは見直す。

「こんなに線路の上には雪が積もっとんのに、9時にはもう電車が走ってこられるって……やっぱり北海道の鉄道はすごいな」

「いえ、列車は来ないですけど、ちゃんと倶知安行は来ますから」

私が笑顔で言ったら、二人とも『はぁ～?』と首をひねる。

「どういうことなんです？　電車は来《こ》～へんけど倶知安行は来るてぇ」

茅沼さんに続いて、西和田さんも腕を組む。

「なぞなぞやないねんから」

私もＪＲにそんな対応策があるとは知らず、去年見た時はすごく驚いた。

二人にも驚いてもらおうと思った私は、今は黙っておくことにする。

「まぁまぁ、列車のことはご心配なく。ゆっくりとコテージ比羅夫自慢の朝食をお召し上がりください」

私は緑と赤のクリスマスっぽいチェックのランチョンマットを敷いた、ウッドカウンター前の丸太椅子を二つ後ろに引いた。

ここはダルマストーブが近くて一番暖かいのだ。

「どういう手品やねん？」

西和田さんは茅沼さんと一緒に首をひねりながら席につく。

「まぁまぁ、郷に入っては郷に従え言うし、ここはオーナーさんに任せるしかないな」

「では、少々お待ちください」

会釈した私はキッチンへと戻って、亮が完璧に仕上げた朝食プレートを二人に運ぶ。

今日も白いご飯とお味噌汁からは、美味しそうな湯気が上がっている。

おかずの焼きシャケや玉子焼きにたいした工夫はないけど、北海道の良い食材を使って腕のいいコックが作っているのだから、それだけで最高のご馳走になる。

「では、雪でもご覧になりながら、ごゆっくり朝食をお楽しみください」

私はフフッと微笑みながら言った。

二人が朝食を食べている最中も、雪に完全に埋もれた線路にはなにも通らず静かなままだった。

とりあえず、昼間は止んでくれるみたいね。

ガラス窓から見上げた青空からは、優しい陽の光が射し込みつつあった。

朝食を終えた西和田さんと茅沼さんは部屋で荷物を整えて、8時50分頃にはフカフカのダウンジャケットにカメラ機材の入った大きいデイパック姿でリビングに下りてきた。

本来であれば始発から既に四本の列車が来ていなくてはいけない時刻だったが、比羅夫は駅であることを忘れてしまったかのように、数時間も静まり返っていた。

宿泊料金を受け取って、明細書とお釣りを茅沼さんにお渡しする。

「今回はコテージ比羅夫にお泊まり頂き、本当にありがとうございました。今度は夏に来てくださいね」

「夏の比羅夫は気持ち良さそうやな。また寄らせてもらいます」

茅沼さんが笑顔で、そう言ってくれた。

「こんなんで……ほんまに倶知安行は来るんか？」

西和田さんは心配そうな顔でホームの方を見る。

「もう少しだけお待ちくださいね」

その時、ニセコ方面からズズッとなにかを押してくるような音に続いて、ギュイーンギュイーンとディーゼルエンジンを吹かす音が聞こえてくる。

「あっ、ラッセルが来ましたね」

『ラッセル？』

西和田さんと茅沼さんがホーム側の窓を見ると、先頭に可動式の大きな排雪板をつけた赤い列車がレール上に溜まっていた雪をホームとは反対側へ向かって力強く押しのけていく。

去年も何度か見たけど、あんなにしっかり降り積もっていた雪が、まるで水のような波を描きながらサラサラと線路脇に吹き飛ばされていくのが不思議だ。

これがラッセル車という線路上の除雪をする車両だ。自走出来ないので、凸型の赤いディーゼル機関車に押されて移動するようになっている。その後ろには反対向きにもう一両ラッセル車が連結されていた。

三両という短い編成なので、あっという間に駅前を通過していく。

すごいのはこのラッセル車が通った後は、雪原に銀に光る二本のレールがキッチリ見えるようになること。

西和田さんは、クイズの正解が分かった子供のように楽しそうに笑う。

「そういうことか！　線路が除雪されたから、もう電車が来るってことやな！」

残念ながら外れた西和田さんに、私はニコニコ笑いかける。

「いえ、さすがに列車が走り出すには、もう少し時間がかかると思います」

正解が分かったと思っていた西和田さんは「はぁ!?」と目を見開く。

「ほな、どうやって倶知安へ行くねん？」

その時だった。

比羅夫駅前に続く雪道を二台の黒いタクシーが走ってくる。

もちろん、比羅夫駅にはバスはおろか、タクシーが待っていることもない。

黒い排気ガスを吹かせながら駅前までやってきたタクシーは、Uターンするようにグルンと大きく旋回してから、駅舎の扉の前にブレーキ音を鳴らしながら停車した。

すぐに助手席から濃い紺の制服を着て制帽を被った若い男性が飛び出してきて、ガラリと駅舎の引き戸を開いて待合室へ入ってくる。

クイズ番組の司会者が正解を言う時みたいに、私は西和田さんと茅沼さんに微笑む。

「はい。来ましたよ、倶知安行が」

だけど、茅沼さんは少し困惑している。

「いや～タクシーを呼んでくれとは言うてないで。ここから倶知安までタクシーなんて使《つこ》うたら、めっちゃ高《た》こつくやろ～？」

「あぁ～それはご心配なく。倶知安まででしたら、お一人二百九十円ですから」

それには二人とも思いきり驚いた。

『二百九十円やと～～～!?』

「どんなけ安いんや!?　北海道のタクシー!!」

そう叫んだ瞬間、コテージ比羅夫の玄関ドアがバンと開いた。

「タクシー代行です。比羅夫からご乗車のお客様は何人ですか？」

西和田さんと茅沼さんは、制服の男性に突っ込むように大声で驚く。

『なんやねん！　タクシー代行って――!!』

台本なしでもピッタリとセリフを合わせられるところに、私は「やっぱり関西の人ってすごいな」って思った。

鉄道会社では自然災害や事故などで列車が運休になった場合、都会ならば他の鉄道会社に代行輸送を頼めるけど、地域で唯一の鉄道であることの多いＪＲ北海道ではそうもいかない。

そこで普通はバスを使って代行輸送をするのだが、利用者の少ない比羅夫付近の函館《はこだて》本線では、こうしたタクシー代行が多くなる。

これはあくまで鉄道会社の代行なので、普通の乗車券で乗車できるのだ。

ＪＲ北海道の制服と制帽姿の職員に、私はフフフッと笑いつつ答える。

「今日はこちらの二名様をお願いします」

「分かりました。では、タクシーにご乗車ください」

そんな方法に『へぇ～』と感心していた西和田さんと茅沼さんは、玄関で『ほなっ』と手を挙げて出ていく。

上にジャンパーを羽織《はお》った私は、二人の後ろについて待合室から駅前へ出て、

「いってらっしゃ～い」

と、タクシーが見えなくなるまで手を振った。

二台のタクシーが見えなくなって、私はヒューッと吹いてくる冷たい風に体を震わせた。

ジャンパーの前を両手でグッと引き寄せて、久しぶりの真っ青な空を見上げる。

「二度目の年末が迫ってきたなぁ」

コテージ比羅夫のオーナーの私は、タクシー代行で迫ってくる年末を感じていた。

◇

お客さんはチェックアウトして、今日の宿泊予約は一つも入っていないので、私と亮はリビングで朝食をすませた。

夏ならすぐに客室の掃除とベッドメイクに飛んでいかなくてはいけないけど、冬はそれほど予約がないので、のんびりと一つ一つ丁寧にやっていた。

そうしておかないと、やることがなくなる。

こうしてオーナーになってみて改めて実感したけど……。

「私は仕事が好きだ！」

あんなブラック居酒屋チェーンでも必死に働いていたので、薄々自分でも感じていたけど、こうして「自分の城」を持ったことで想いがハッキリした。

仕事が好きな私は、プライベートでの時間の使い方が下手というか、よく分からない。

居酒屋のアルバイトの子達はスマホゲームについて話していたので、少しやってみたことはあったけど、課金してまでハマることはなかった。

だからといってリアルの合コンや出会い系イベントは、そこへ行くまでのファッション、メイクなどの準備が面倒で力尽きてしまっていた。

遊びの宝庫の東京でもそんな状態の私が、コンビニさえない比羅夫に来てしまったので、趣味だの遊びなどというものをまったく思いつけない。

亮でさえスキューバダイビングという趣味を持っているのに……。

「やっぱり北海道らしい趣味は、なにか持った方がいいかな？」

そんな時、真っ先に思い浮かぶのは、比羅夫で猟師をやっている林原晃《はやしばらあきら》さん。

女子だけど猟師の晃さんは、冬になると毎日のように銃を持って近くの猟区へ行き、エゾシカなどを獲っては解体して自分の家で近所の人に料理を振る舞っている。

おかげで私たちにも「お裾分け」と称して、加工済みのエゾシカ肉を届けてくれた。

正に「ザ・北海道」といっていいライフスタイル。

いつもお酒を飲みながら晃さんの猟の話を聞いているとワクワクするけど、それが自分で出来るようになるとは到底《とうてい》思えない。

「私にはそこまでの根性は、ないんだよねぇ〜」

ベッドメイク一部屋二台と廊下や階段の掃除は、午前中でキッチリ完了した。

冬は亮も「美月！　準備は終わったか⁉」とか急《せ》かすようなことは言わない。

気温が下がって空気がピンと張り詰めるせいか、正午を知らせるサイレンは夏よりも大きく響いて聞こえる。

これがコテージ比羅夫の昼休みの合図なので、私は掃除道具を持ってリビングに下りた。

中央の丸太のテーブルには向かい合わせにトレーが置かれて、サラダと一緒に丸いバンズと、赤いスープボウルがある。

「冬はテスト期間だ」

とよく言う亮は、この時期には新しい料理を出すことが多い。

「今日のお昼はなに？」

私は洗面所で手を洗いながらたずねる。

「エゾシカバーガーとミネストローネだ」

「おぉ～初メニューね」

晃さんが猟で獲ってきた食材の時には、やっぱり想いがこもる。

向かい合わせに座った私達は『いただきます』と言ってから食べ始めた。

亮が作った特製エゾシカバーガーは、荒いミンチ肉にツナギや調味料をまぜてよく焼いたミートパティと、レタス、トマト、オニオン、ピクルスが、ふかふかのバンズに挟んであった。

がぶりと食べると、ミートパティから肉汁がジュワッと流れ出し、それがスパイシーな鹿肉ラグーソースとマヨネーズと絡み合って絶妙なハーモニーを奏でる。

料理知識のない私には、まったく食レポが出来ず、

「エゾシカバーガー美味しい～～～!!」

と、新人お笑い芸人のように、声の大きさで驚きを伝えるしかなかった。

「そうか、だったら良かった。ラグーソースと合うか心配だったからな」

亮もゆっくりとエゾシカバーガーを頬張る。

「合う合う、ぜんぜん合うよ。本当に亮の料理の腕は天才的だね」

「なにを言ってんだ。俺程度のコックなんて、いくらでもいるさ」

亮は照れるわけでもなく、いつもの呆《あき》れた調子でつぶやく。

私は味を確かめるために、もう一度大きく口を開いて多めにほおばって味わう。

「そうかな～。きっとコテージ比羅夫の料理の味だけは、インペリアルホテルにも負けないんじゃない？」

そこで少し遠い目をした亮は、なにかを思い出すようにフッと笑う。

「インペリアルホテルのシェフともなれば、こんなもんじゃない……」

「そうなの？」

札幌《さっぽろ》にあるインペリアルホテルでディナーなんて食べたことのない私には、どのくらいのレベルなのか分からなかった。

「そうだ……食材もスタッフも、どれもが超一流なんだ」

亮はインペリアルホテルについて、よく知っているような口ぶりだった。

そんな会話をしながら美味しいエゾシカバーガーを食べていると、名残《なごり》惜しくもあっさりと食べ終わってしまった。

リビングを片付けていたらカタンコトンと微《かす》かに響くレール音が聞こえてきた。

「あれ？　動き出した？」

ホーム側のカウンターテーブルに手をついて倶知安方面を見ると、銀の車体に緑と白のラインが入った一両編成の列車がホームに入ってくるところだった。

朝の除雪で線路上からは雪が取り除かれ、その後、雪が降らなかったのでダイヤは平常通りに戻され、12時45分着の長万部行から運転が再開されたようだった。

線路といっても二本のレールしか見えない冬は、枕木の上にビッシリのっている雪が音を吸収してあまり響かなくなる。

窓の前まで入ってきた列車が、すっと停車してベテラン運転士の吉田《よしだ》さんが立ち上がって前のドアだけを開く。

「誰か下車するんだ……」

普段ならこの時刻の列車から比羅夫に降りる人はあまりいないが、午前中運休していたこともあって、小樽《おたる》や倶知安で足止めされていた人がいるのかもしれない。

私がじっと見ていると、漆黒《しっこく》の高級そうなチェスターコートを着た五十代くらいの男の人が、列車から一人だけホームに降りてきた。

コートと同じ色のソフトハットをかぶったその人は、上唇全体を覆う口髭《くちひげ》を生やしていた。

コテージ比羅夫の宿泊者ではないし、地元の住民でもない。

誰だろう？

ピカピカに磨かれた黒の革靴で、少し高くなっている車内からホームに降りてきたその人を目で追っていた私はハッとする。

「危ない！」

男の人はズルッと左足を滑らせたが、瞬時に革手袋をした手で列車の側面につかまり、なんとか派手に転倒することは避けられた。

ホームが雪に埋もれていても地元の人は「関係ないよ」といった調子で、ヨレることもなくスタスタと歩いていくし、今日は朝から運休で予約も入っていなかったので、私はまだホームの除雪をしっかりやっていなかったのだ。

「大丈夫ですか？」

運転士の吉田さんに心配された男の人は、手を挙げて「大丈夫だ」と微笑む。

その人が恐る恐る雪の上を歩き駅舎のホーム側の引き戸にたどり着いたのを確認してから、吉田さんはドアを閉め運転席について列車を動かす。

いつものようにドドドッとディーゼル音が高鳴り、列車は雪原へ消えていく。

引き戸を開いて待合室に入ってきた男の人は、コテージに来るような気がした。

駅前に迎えの車が、一台も来ていなかったからだ。

バスもタクシーもない比羅夫で下車する人は、大抵地元の人に迎えの車を頼んでいる。

それがなかったので、うちへの用事がある人だと思ったのだ。

滅多に来ないけど、いつも同じような用件なのよね……。

私はカウンターテーブルから、身なりと髪を整えつつ玄関へスタスタと歩いていく。

すぐにガチャリと玄関ドアが開いて、全身黒ずくめといっていい男の人が入ってきた。

「ごめんください」

たぶん……「招かれざる客」だと思うので、私は仁王立ちで応対する。

「いらっしゃいませっ」

ソフトハットをとって腰をキレイに折る見事なお辞儀を見せたその人は、優雅な動きで顔をあげながら微笑む。

「少しお話を聞いて頂きたいのですが……」

ほら、やっぱり。たまに来るあれね……。

そう直感した私は小さなため息をつきながら、胸の前に両手でバツを作る。

「太陽光発電はいりません！」

出鼻をくじかれた男の人は「えっ⁉」と戸惑った。

「ハッキリ言っておきますね。駅も周囲の空き地も全て鉄道会社さんのものですから、私達の判断では太陽光発電パネルは設置出来ないんです。ですので、そういったお話は札幌にある鉄道会社の本社に行ってもらって――」

そこまで言ったら男の人は開いた手を左右に振る。

「いやいや、そうではなく――」

「じゃあ、太陽熱温水器ですか？」

その時、リビングの奥から亮の声がした。

「……泉沢《いずみさわ》さん」

振り返ったら、口を真っ直ぐに結ぶ亮の顔があった。

亮の知っている人？

「よっ、東山君。久しぶり」

優しく微笑んだ泉沢さんと呼ばれた人は、右手を軽く挙げた。

亮は不機嫌そうな顔でボソリと応える。

「戻りませんよ……俺」

泉沢さんは苦笑いする。

「相変わらずだな～東山君は～」

私には分からないけど、二人の間には前になにかあったような雰囲気を感じた。

二人はどういう関係なんだろう？

そんなことが気になったけど、泉沢さんからあまり悪いものは感じられなかった。

そこで私は玄関でコートも脱がずに立ちっぱなしになっている泉沢さんに、微笑みながら言う。

「あの……立ち話もなんですし、お上がりになりませんか？」

亮は不満そうに「美月」とつぶやく。

泉沢さんは「助かった～」って感じに顔を崩して、革靴を脱ぐ。

「あぁ～そうさせてもらえると助かります。ここで追い返されても、次の倶知安方面へ戻る列車は約二時間後らしくて」

「なにもないところですが、次の列車までゆっくりしていってください」

そうしたら、亮の「フンッ」と鼻から息を抜く音が聞こえた。

「すみません」

リビングに上がった泉沢さんがコートを脱ぐと、亮はプイッと踵《きびす》を返して足音を立ててキッチンへ消えていく。

泉沢さんは、仕立ての良さそうなダークブルーの三つボタンシングルスーツとベスト姿で、胸ポケットからは白いチーフが見えていた。

私は丁度片付けたばかりの丸太テーブルの向こう側の、ダルマストーブに一番近い暖かい席に案内する。

「コートをお預かりしましょうか？」

手を差し出して私が聞いたが、泉沢さんは軽く会釈してことわる。

「安物ですからお気遣いなく」

慣れた手つきでパッパッとコートを折った泉沢さんは、衣料品店の店員さんのような手さばきで素早く畳んで横の椅子に置いた。

もしかして……ファストファッション店の人？

あまりにも鮮やかな手つきに目を奪われていたら、泉沢さんは恥ずかしそうに微笑む。

「若い頃、私はずっとクローク係をしていたもんですから……」

「クローク係？」

その時、キッチンからトレーに紅茶セットを載せた亮が戻ってきて、私の隣に座った。

「泉沢さんは『インペリアルホテル』の――」

そこで私は目を見開く。

「イッ、インペリアルホテル!?」

北海道一……いや日本一とも言われる五つ星ホテルのインペリアルホテルについては、

さっき話したばかり！

　もちろん、泊まったことなど一回もないけれど……。

「なにをそんなに驚いているんだ、美月。泉沢さんはインペリアルホテルで――」

　と言いかけた亮が困っていたら、泉沢さんが補足する。

「今はＤＯＦＢ《ディーオーエフビー》をやらせてもらっているよ」

　それには亮も少し驚く。

「ＤＯＦＢになられたんですか⁉　それは……その……おめでとうございます」

「ありがとう。きっと定年も近くなってきたから『とっとと現場を去って、裏で死ぬほど働け』って意味で、退職金の前払いってことじゃないかな？」

　泉沢さんはアハハと思いきり笑った。

「いえ、力がないとＤＯＦＢなんて任せませんよ。インペリアルホテルは……」

　そう言った亮は口を閉ざして、紅茶の葉がキッチリ広がり切るまで三分ほど待った。

　やがて、亮はポットに被せてあったギンガムチェックのティーコジーを外して、三つのティーカップを回るように紅茶を順に注いだ。

　白いカップには、輝くような琥珀色《こはくいろ》の液体が満たされていった。

「アールグレイですが、ミルクティーにしますか？　泉沢さん」

亮の手つきを見つめていた泉沢さんは、丁寧に断る。

「いや、私はストレートで飲ませてもらおうかな」

繊細そうな人差し指と中指と親指でソーサーを摘まみ、亮は静かに前に置く。

「美月はミルクと砂糖入りだよな」

私が「うん」とうなずくと、いつもの分量でミルクと砂糖を入れて、ティースプーンで静かに一回ししてから私の前に出してくれる。

湯気と一緒にアールグレイの濃い香りが、温まったミルクのにおいとともに立ち昇り私の鼻の奥をくすぐった。

「いい香り〜。冬はやっぱりミルクティーよねぇ」

ミルクティーも私が「冬だな」と感じる物の一つ。

母と暮らしていた時、紅茶の色が透き通るようなレモンティーは夏の飲み物で、明るいベージュ色が温かそうに見えるミルクティーは、冬に飲む物という自分ルールがあった。

それを亮に話したら「分かった」と、ずっとそうしてくれているのだ。

亮は最後に自分のティーカップにブラウンシュガーのブロックを一つだけ入れた。

それが合図だったように、泉沢さんは私に向かいかしこまって話し出す。

「ご挨拶が遅れてしまってすみません。わたくしインペリアルホテルで、ＤＯＦＢをさせて頂いております、泉沢直樹《なおき》と申します」

「初めまして。このコテージ比羅夫のオーナーをしております、桜岡美月です」

両手で差し出された白い名刺を、私はコクリと頭を下げながら受け取る。

名刺にはインペリアルホテルの住所や電話番号とともに、右上の角にライオンの顔をイメージしたエンブレムが、紺と金で誇らしげに描かれていた。

日本で一、二を争う超ブラック居酒屋チェーンに勤めていた元店長としては、あまりの雰囲気の違いに名刺が輝いているように見えた。

「こちらで……その……ＤＯＦＢをされているんですね」

私がなにも分かっていないことを亮はすぐに察する。

「Director Of Food and Beverage の略だ」

どこで覚えてきたのか滑らかなネイチャーな発音で教えてくれたが、それでもサッパリ分からない。

泉沢さんは照れくさそうにする。

「なんだか私でも言えないような横文字職になっていますが、日本のホテルで言えば『料飲部長』って呼ばれているやつなんですよ〜」

「ホテルにおいてレストランでの接客やルームサービスを担当するのが料飲部で、ＤＯＦ

Bは備品選定、仕入れ業者折衝、人材採用、スタッフ教育、組織作りなどを担当する総責任者なんだ」

亮からの説明を受けた私は口を丸くする。

「へぇ～インペリアルホテルにお勤めなだけでもすごいのに、そこでレストラン関係の総責任者をされている偉い方なんですね」

「いえいえ、私が入社した時は、それほどたいしたホテルではありませんでしたから……」

泉沢さんは分かりやすく謙遜《けんそん》した。

もちろん、インペリアルホテルは八十年以上前からある名門ホテルで、一流のホテルマンじゃなければ入社は許されなかっただろう。

そこで、なんとなく亮が「戻らないですよ」といったセリフの意味が気になった。

ゆっくり横を向いた私は、恐る恐るといった感じで聞く。

「もしかして……亮ってインペリアルホテルに勤めていたの？」

亮は目を合わせることもなく、カップを口につけ紅茶をゴクリと飲む。

「少しだけな」

その瞬間、私の瞳はクワッと大きくなる。

「えっ――!? 健太郎《けんたろう》さんが前にサラッと言っていた『札幌の五つ星ホテル』って！　インペリアルホテルのことだったの――!?」

相変わらずぶっきらぼうな亮は、反応することもなくボソリとつぶやく。

「言ってなかったか？」

「言ってないし！　聞いてないし！　てか、教えてよっ」

頬を赤くした亮は、人差し指と親指で本当に狭いすき間を作ってみせる。

「勤めていたのは、ほんの少しだけだ」

そんなやり取りを見ていた泉沢さんはフフッと笑う。

「東山君には高校生の頃から、アルバイトに来てもらっていましてね」

「高校生の頃から？」

それは私のまったく知らない亮の過去だった。

「二年以上休むことなく真面目に手伝ってくれたことは、全厨房スタッフから絶賛されていたからね。調理師学校を卒業したらすぐに、私が直接スカウトしてインペリアルホテルに入ってもらったんですよ」

泉沢さんはまるで父親のように、亮のことを自慢するように教えてくれる。

そう言われた亮は、どう反応していいのか困っているように見えた。

「それに！　料理のセンスがすごかった」

「料理のセンス？」

「最初は『面白そうだから』って、料理長だった古瀬《ふるせ》さんが東山君に、厨房のメンバーが食べる賄《まかな》いご飯を用意するように指示したんだけど」

泉沢さんは亮をチラリと見てから続ける。

「それがすごく美味かったらしく。それからは東山君がアルバイトなのに『賄い担当』になったんですよ。あんなことが出来たのは、料理のセンスがいいからですよ」

「高校生の時からすごかったんだ」

私は感心していたけど、亮はなんのリアクションもしなかった。

その頃を思い出すように、泉沢さんは遠い目をする。

「ああいうのが……『天から授かった才能』って言うんだろうね。ねっ、東山君」

そう呼びかけられたが、亮は微笑むこともなかった。

「そんなの俺にはないですよ。泉沢さんの買いかぶりです」

「東山君には調理師専門学校を出た二十歳から、四年間うちのホテルで働いてもらいましてね。四年目には異例の早さでスーシェフに抜擢《ばってき》されたから、上層部からも『こりゃ〜最年少でシェフになるんじゃないか？』なんて将来を期待されたんですよ」

スーシェフって副料理長じゃない⁉　亮ってすごい才能のあるコックだったんだ。

そんな過去を知った私は、少しだけ申し訳ない気持ちになった。

いいのかな？　そんな才能があるのに、こんな小さなコテージでたいした給料も、すごい食材も扱えないようなキッチンで働かせていて……。

楽しそうに話していた泉沢さんに向かって、亮はまた不機嫌そうに言う。

「俺……戻りませんよ」

そこで話の全てが飲み込めた私の心臓は、誰かにつかまれたようにドキンと跳ねる。

二人の顔を交互に見てから私は聞いた。

「もしかして、亮に『インペリアルホテルに戻ってこい』って誘いにきたんですか？」

泉沢さんが答える前に、亮はピシャリと否定する。

「だからっ、『行かない』って言っているだろう。変な心配をするな、美月」

なぜか私に怒るように言った。

泉沢さんは苦笑いする。

「いや～最初は確かに『戻ってこないか？』ってメールや電話をしていたんですけどね」

「やっぱりそうなんですか⁉」

チラリと亮を見てから、泉沢さんは微笑みながら首を左右に振る。

「ですが、東山君は言い出したら聞かない、一本筋の通った男ですから。メールには一度も返信はありませんでしたし、電話にも出てくれませんでした」

「そっ……そうでしたか」

その瞬間、私の心の奥底にフワッと温かいものが広がった。

そっか、泉沢さんからの誘いには、一度ものらなかったんだ……。

「ですから、不躾《ぶしつけ》とは承知の上ですが、こうして直接伺わせて頂いたわけです。こうすれば、こちらのオーナー様ともお会い出来ると思いまして……」

そう言われても……亮がいなくなったら、コテージ比羅夫は絶対に立ち行かなくなる。

私一人では料理の用意なんて不可能だし、こんな変わったコテージに勤めてくれるような有能なコックなんて、そう簡単には見つからないだろう。

それに……。

そこで別な感情が湧き上がりそうになったけど、私は「今はコテージのオーナーとして接しよう」と、他の感情はとりあえず心の底に押し留《とど》めることにした。

頬をピクピクさせながら微笑むような、お願いするような複雑な顔をする。

「オーナーとして、それは『分かりました』とは言えませんので……」

私が弱気な感じで伝えたら、泉沢さんは右手を大きく左右に振りながら笑う。

「いやいや、いくら不躾な私でも、そんなご無理はお願いはしませんよ」

「そっ、そうですか」

ほっとした顔になった私を真面目な顔で見た泉沢さんは、背筋を正す。

「同じ宿泊業に関わる者として、オーナーが困るような引き抜きはしないのが、代々受け継がれてきたインペリアルホテルのポリシーの一つですから」

それを聞いたら亮の顔からは緊張が抜け、私の目をチラリと見る。

じゃあ、なにをしに来たんだ？

アイコンタクトを交わした私と亮との間に、そんな想いが浮かぶ。

それは泉沢さんにも伝わったらしく、今回の訪問の本題をしゃべり始めた。

「シェフの古瀬さんが……その～ひどいギックリ腰をやっちゃってねぇ」

「古瀬さんが⁉」

さっき聞いた話からも、亮はアルバイト時代に古瀬さんにお世話になったらしく、珍しくひどく驚いて聞き返した。

「三週間くらい『安静にしてください』って医者から言われてね。厨房に出られなくなったんだよ。これから年末のかき入れ時を迎えるっていうのにさぁ」

亮はテーブルに身を乗り出す。

「じゃあ、どうするんです⁉　グループホテルからスーシェフクラスを回してもらうんですか？」

泉沢さんは「分かっているだろう」といった顔。

「どこのホテルだって年末は応援のコックが欲しいのは、四年間勤めた東山君なら分かるだろう？」

入れていた力を肩から抜いた亮は、テーブルをじっと見つめる。

「そっ、そうですよね……。この時期に助っ人は頼めません……よね」

「まさか年末の大事な厨房を、インペリアルホテル未経験者のコックに任せるわけにもいかないしね……」

「確かに……インペリアルホテルには、独特の調理方法が多いですからね」

テーブルに両腕をのせた泉沢さんは真ん中で祈るように両手を合わせ、目線を下へ落としながら話し出す。

「それでね。病院に古瀬さんのお見舞いに行ったら……」

そこで、泉沢さんは顔をあげて続ける。

「開口一番『東山に頼めないか？』って言われちゃってね」

「古瀬さんが……ですか」

私の顔をチラリと見た亮の顔は、嬉しいような我慢しているような複雑なものだった。

「あまり混雑していない時期なら、インペリアルホテルのスーシェフだけで回せると思うんだけどね。さすがに年末はムリだと私も思うんだ……」

状況を全て話し切った泉沢さんは、両手をテーブルについて真剣な顔で言った。

「東山君がいろいろと思うところがあるのは分かっているんだが、今年の年末だけ！　インペリアルホテルに戻って、スーシェフをやってくれないか⁉」

言い終わった瞬間、頭を深々と下げる。

「頼む、東山君。この通りだ」

泉沢さんの顔はまったく見えず、額はテーブルにピタリとついている。

さすが超一流ホテルの料飲部長の頭の下げ方は格が違う。

ブラック居酒屋チェーンのマニュアルに載っていた「不慮の事態が発生した場合に、お客様に謝罪する姿勢」に出ていた美しいポーズのようだった。

「ちょ、ちょっと……泉沢さん。頭を上げてくださいよ」

偉い人に突然頭を下げられて亮は困っていた。

「クリスマス前の十七日辺りから、大晦日《おおみそか》年越しディナーショーが行われる三十一日までの約二週間だけでいいんだ！」

泉沢さんは、頭を上げることなく必死に言った。

「そんなこと言われても、俺もここの仕事がありますから……」

それについても泉沢さんは、ちゃんと策を考えてきていた。

「今回は緊急事態ってことで、ギャラはスーシェフ待遇で二か月分出させてもらう。これは上層部の了解済みだから」

そこで少しだけ顔をあげた泉沢さんは、私の顔を見て続ける。

「ひと月分にはついては東山君に、もうひと月分については、ご迷惑をかけることになる桜岡オーナー様に『派遣料』といった形で、お支払いさせて頂ければ……と」

そう言い放った泉沢さんは、再び顔を伏せて額を天板につけた。

真剣な雰囲気になりそうだったので、私は気楽な感じで聞き返すことにした。

「おぉ～うちにも派遣料を頂けると」

「もちろんです。最もご迷惑がかかるわけですから」

「まぁ～そうなんですけどねぇ～」

私が天井を見上げながらつぶやいたのは、実はそんなに迷惑はかからないからだ。

簡単に言えば、冬のコテージ比羅夫は暇だ。

インペリアルホテルともあろう巨大一流ホテルであれば、大企業の忘年会、ディナーショーなどが入ってきて年末へ向かって加速度的に忙しくなるだろう。

だけど、コテージ比羅夫でクリスマスイブや、大晦日を過ごそうなんてお客さんは、去年はいなかった。

亮からも聞いたことはあるけど「毎年十二月はお客さんが少ない」とのこと。

だから、本当のこと言うと……コテージ比羅夫には迷惑はかからない。

どちらかというと、あまり売上のない十二月に、亮の派遣料として入金してもらえるのは、コテージの経営者としては正直ありがたかった。

だけど、すぐに「いいですよ！」と返事しなかったのは、これは亮が了承するかしないかの問題であり、「私が決めることじゃない」と思ったからだ。

亮はコテージ比羅夫の従業員なのだから、オーナーとして「行ってきて」と命令することも出来る立場なんだろうけど、それはしたくなかった。

横に座っている亮の顔をそっと見ると、また口を真っ直ぐにして不機嫌そうな顔になっていて、下げたままになっている泉沢さんの後頭部を厳しい目で見つめている。

泉沢さんとしては言うことは全て言ってしまったので、後は私達からの「いいですよ」なり「お断りします」という返答を待っているだけのようだった。

どうするんだろう？　亮は……。

私がそんなことを思いながら見つめていたら、亮がこっちを向いて驚いたことを言う。

「どうする？　オーナー」

今まで一度も私のことを「オーナー」なんて呼んだことはないのに、突然、そう呼んで私に全ての判断を任せてきたのだ。

「えっ⁉　私が決めるの？」

予想外の展開に、思わず大声で聞き返してしまった。

「そりゃあそうだろ。俺を雇っているのはオーナーなんだから」

突然、オーナー判断を押し付けられた私は戸惑った。

「そっ、そりゃ～そうかもしれないけど……」

今までは一度もそんな扱いをしてこなかったのに、こんな時だけ正論で「オーナーが決めるもんだろ」とか、丸投げしてくるなんて……。

「俺はオーナーが『行け』と言うなら行くよ、インペリアルホテルに」

そこで一拍置いた亮は、私の目を見ながら続ける。

「美月が『行くな』って言うなら……俺は行かない」

そんな言葉に私の心臓はドクンと高鳴る。

真剣な雰囲気になりそうだったのが怖くなった私は、目を逸らしてごまかす。

「どっ、どうしよう〜かな〜」

そんな状況がまったく見えていない泉沢さんは、机に顔をつけたまま叫ぶ。

「桜岡さん！　ここはインペリアルホテルの全スタッフを助けると思って、是非、二週間だけ東山君をお貸し願えませんか！　よろしくお願いいたします」

その時の私の心の中には、いろいろな気持ちが混ざり合っていた。

もちろん、亮の腕を信頼して、こうしてわざわざ比羅夫までやってきてくれた泉沢さんの気持ちや、亮がお世話になったシェフの古瀬さんの気持ちにも応えたかったけど、亮が好きだったインペリアルホテルへ送り出してしまう怖さもあった。

だけど、その時の私の心の中で一番大きかった想いは、

「そんな優秀な腕を持つ亮を、こんなコテージに閉じ込めてしまっていいんだろうか？」

と、いうことだった。

才能のある人の自由を、私のワガママで奪っているような気がしてしまったのだ。

もちろん、私はそんなオーナーにはなりたくない。

才能のある人は才能に見合ったステージで輝く方がいいと思っている。

だから、私は決意した！

なにもしないことが一番よくない！


それは自分が会社に辞表を叩きつけて、比羅夫までやってきて得た一つの想いだった。

いつまでも同じ場所に留まっていたら成長はしない。

たとえ、同じことを続けるにしても、一度挑戦してから続けるのとでは雲泥の差がある。

私はそう思ったのだ。

そして、こういう時に中途半端な態度をとってはいけない。

方針を決めた私は、バンとテーブルに手をついて勢いよく立ち上がる。

「分かりました、泉沢さん！」

その瞬間、泉沢さんもガバッと勢いよく上半身を起こして立ち上がった。

「分かっていただけましたか！　桜岡さん」

自然と両手を出し合った私と泉沢さんは、テーブルの真ん中でパシンと握手する。

突然の展開に、亮はきょとんとして「美月？」と聞き返す。

「年末の大変な時期にシェフが倒れられてお困りなのですものね。うちの亮でよろしければ是非、お手伝いさせてください。困った時はお互い様です」

泉沢さんは目を真っ赤にしながら、本当に嬉しそうに握った両手を上下に振る。

「いや〜素晴らしい決断力をお持ちのオーナーさんで良かったです。さすが、優秀な東山君が勤めているコテージのオーナーさんともなると度量が違いますな〜」

それが全力のお世辞なのは分かっていたが、そこは素直に受けておいた。

「いえいえ、うちは十二月が暇なので、経営者としては助かります」

すると、泉沢さんは思いついたように「そうだ！」と笑う。

「では、東山君が働いている時に、うちに泊まりに来ませんか？」

そんな申し出に、私はちょっと驚いた。

「インペリアルホテルに？　ですか」

「そうです、そうです。せっかくなので東山君の作ったフルコースを食べに来てください。きっと、その腕に驚くと思いますから」

泉沢さんはアハハと笑った。

「確かに……全力で亮が作った料理は、まだ食べたことないかも」

そんなことを言ったら、亮はぶっきらぼうにつぶやく。

「俺はいつも全力で作っている」

泉沢さんは満面の笑みで、亮と私の顔を交互に見た。

「是非、そうしてください。ディナーの後もゆっくり出来るように、ホテルの宿泊券もペアでご用意しますので、誰かお友達と一緒にお越しください」

私は亮をチラリと見てから答える。

「そっ、そうですね。では、そうさせて頂きます」

両手を離した泉沢さんは、気を付けの姿勢になる。

「インペリアルホテルの全スタッフが、心を込めておもてなしをさせて頂きます」

「はい。じゃあ楽しみにしています」

私は一生懸命に作った笑顔で応えた。

亮は最後の抵抗のようにボソリとつぶやく。

「もし……宿泊客が来たらどうするんだ？」

「まぁ、その時は私だけでなんとか対応するなり、もしタイミングが合えば晃さんに頼むことにするから」

「そうか……だったら大丈夫なんだな？」

座ったままの亮が、じっと私を見上げて続ける。

「俺がいなくても……」

そんな目を見ていたら決意が揺らぎそうになるが、私は勇気を出して笑顔を作る。

「心配しないで。コテージ比羅夫の方は、私がいれば大丈夫だから！」

一瞬、二人で無言のまま見つめ合った後、亮はフッと目を逸らす。

「分かった……」

そこで座り直した私達は、具体的な段取りについて話し始めた。

ホーム側の窓から見えていた青空は、知らないうちにグレーの雲に覆われていた。

第二章　亮の婚約者

私が無事に自動車学校を卒業し、亮が次の週からインペリアルホテルへ行こうとしていた時、それは突然やってきた。

今日も宿泊予約はなかったので、私と亮はリビングのストーブ前でまったりしていた。

ここ比羅夫では十二月の日没は16時半頃と早く、空はすでに群青色《ぐんじょういろ》に染まっている。

いつものように17時3分着の列車が駅に着いたので、癖で窓を見てしまう。

比羅夫から通っている高校生が二人だけ下車してくると思っていたけど、先頭を切って降りてきたのは、ヨーロッパのブランドロゴがフレームサイドに入った大きなサングラスをかけた、背が高くてモデルのようにスラリとしたスタイル抜群の女の人だった。

その瞬間、亮が目を細めて「うんっ」とうなった。

黒い革のロングブーツを履いているのだが、鋭く尖《とが》ったピンヒール。

そのブーツでホームへ足を伸ばしたのを見た私は「うわっ」と不安になる。

雪の少ない都会から来た私のような人は、北海道の雪に覆われたホームを歩くのに慣れておらず、ピンヒールでは思いきり滑ってしまうからだ。

私なんてスノーブーツを履いているのに、思いきり足を滑らせてコントのように足が上がってしまうレベルで、派手に転んだこともある。

だけど、女の人は私の心配をよそに、踵《かかと》に力を入れるようにしてホームの氷をピンヒールで力強く叩き割り、ブレることもなくカツカツと駅舎へ向かって歩いてくる。

袖を通さずに羽織っていた鮮やかなブラウンのノーカラーコートをマントのようになびかせて、この辺りではまず見かけないコーデだった。

「うちのお客さんじゃないし……どこへ行くんだろう？」

そうつぶやいた私に、亮は禅問答みたいなことを返してくる。

「客じゃないが、うちに来る」

「客じゃないのにうちに来るって、どういうことよ？」

亮からの答えを聞く前に、コテージ比羅夫の玄関ドアがバンと勢いよく開いた。

あまりの勢いに、暖まっていたリビングの空気がゴッソリ待合室へ流れる。

ドアを左手で支えたまま、女の人はブランド物のサングラスを勢いよく外し、躊躇《ちゅうちょ》することなくリビングの床に投げ捨てた。

サングラスが床を滑り、女の人は頭を振って顔にかかっていた長い髪を手で後ろへ流す。

その瞬間、私が人生で間近に見た中で、一番の美人が現れた。

そして、私はこの人の名前を知っている！

「えっ⁉　どうして西神楽帆乃歌《にしかぐらほのか》が、こんなところにいるの〜〜〜⁉」

あまりにも驚いた私は、口をポカーンと開いてしまった。

この美人の名前をなぜ知っているかと言えば、テレビドラマやバラエティー番組に出演しているのを見たことがあったからだ。

若い頃にはあまり見なかった女優さんだったけど、最近サブヒロインとして演じた女性鉄道警察隊員役が「はまり役」とネットで話題になり、主役よりも目立っていた。

長い下積みで培《つちか》った抜群の演技力が、見る人の心を惹《ひ》きつけていた。

更に、ここ半年くらいはトークがおもしろいこともあって、バラエティー番組に出演してドラマの番宣をしたり、飲料系のテレビCMなんかにも出ていて、

「アラサーシンデレラ」

なんて呼ばれて話題になっていたので、私も注目していたのだ。

なになに⁉　アポなしの「函館沿線で飲食店を探す！」的なロケ番組⁉

そう思ってホームを見たけど、カメラクルーもマネージャーも誰もいない。

いや、その前になんて言えばいいんだ？　いらっしゃいませ⁉　ようこそお越しくださいました⁉　お泊まりですか⁉

私が頭の中でそんな思考をグルグル巡らせていたら、亮が椅子から立ち上がってつぶやく。

「……西神楽？」

その瞬間、驚いたことに西神楽帆乃歌の大きな瞳から、ボロボロと涙が落ちた。

「……亮ちゃん」

西神楽……亮ちゃんって呼び合う関係って⁉　どういうこと⁉

だが、私の存在は一瞬で消え、まるでここには西神楽帆乃歌と亮しかいないような空間に変わり、比羅夫駅がドラマのセットのようになった。

サッとブーツから足を引き抜いた西神楽帆乃歌の丸い肩から、スルリとブラウンのノーカラーコートが下へ落ちる。

その瞬間、薄手の白いニットと、軽そうなミディ丈のプリーツスカートが現れた。

スタイルのいい西神楽帆乃歌がそんなオシャレな格好をしていたから、それはまるでドラマの衣装のように見えた。

「**亮ちゃん！**」

光り輝く涙を頬から宝石のように落としながら、西神楽帆乃歌はリビングを駆けた。

それはまるでスローモーションのようで、バックは白くキラキラと輝いて見える。

黒いストッキングに包まれた足を、一歩、二歩と飛ぶように前へ出す。

西神楽帆乃歌が泣きながら目指していたのは、亮の胸の中なのがすぐに分かった。

だけど、スクリーンの外にいる私には、なにもすることは出来ない。

ただ、二人の影が一つになるのを観客のように見守っているだけだった。

西神楽帆乃歌が白く細い両手を前に伸ばすと、亮も両手を左右に少し開いて身構える。

そして、西神楽帆乃歌は、亮の胸に飛び込んだ……はずだった。

そこから、信じられない光景を目撃することになる。

伸ばした両手のうち右手だけをつかんだ亮は、突進してきた西神楽帆乃歌の前から闘牛士のようにスルリと体を横へ向けて避《よ》けた。

完全に亮の胸に飛び込もうとしていた西神楽帆乃歌の思惑は外れ、つんのめってトットッと片足で亮の横を通り過ぎるような格好になる。

そこで、亮はつかんでいた西神楽帆乃歌の右手を下へ向けて一気に落とす。

驚いたことに亮は西神楽帆乃歌をスルリと避けてから、リビングの床に向かってうつぶせにピシャンと落としたのだ。

西神楽帆乃歌の床についた顔から「あうっ」という、ドラマやバラエティー番組では聞いたこともないような女優の声が聞こえてきた。

かっ、西神楽帆乃歌に、なんてことすんのよ⁉

私には次々に起こる驚きの展開についていけず、心の中で叫ぶので精一杯。

技を鮮やかに決めた亮は、フッと息を抜いてから西神楽帆乃歌から手を離す。

どこからか「カット！」って叫ぶ監督の声が、聞こえてきそうな雰囲気。

やっと、スローモーションだった時間が元に戻り、ドラマのような雰囲気が吹き飛んで私も存在しているような感じになった。

とりあえず、速攻で立ち上がった私はテーブルを急いで回り込んで、西神楽帆乃歌の横にスライディングするように滑り込む。

「だっ、大丈夫ですか⁉」

その時気がついたが、西神楽帆乃歌のポケットからスマホのバイブレーションのブウウンという低い振動音がしていた。

首だけを回して振り返った西神楽帆乃歌は、なぜか私の顔を睨みつける。

「なに？　この女のせい？」

「そういうのじゃない」

亮が乱れたコックコートを直す。

「じゃあ、どういうことよ？」

「どこの女優が人前で男に抱きつくんだ？　ネットで噂になったらどうする」

玄関の方を見たら開けっ放しになっていたドアから、比羅夫を利用している高校生の男女が「すげぇ西神楽帆乃歌が投げられた」って顔で、こっちをじっと見ていた。

よく見たら迎えにきていたお母さん達まで、興味津々で見つめている。

「あぁ～大変お騒がせしました～。今、ドラマの護身術の稽古をしてましてぇ～」

玄関に走った私は、思い切りあいそ笑いしつつドアを急いで閉めた。

それから西神楽帆乃歌が投げ捨てたサングラスとコートを拾って汚れを払う。

亮が「ほらっ」と右手を出したが、西神楽帆乃歌は舌打ちをしてから自分の力で立ち上がって、乱れた髪と服をサッと整えた。

そして、私を睨むように見てから、挑戦状を叩きつけるように言う。

「私は亮と噂になってもいいわよ。婚約者なんだから！」

私は口をあんぐり開く。

「にっ、**西神楽帆乃歌が、亮の婚約者――!?**」

大晦日の夜に原宿で朝まで営業している居酒屋のような、次から次に飛び込んでくる驚きのトラブル展開に、私の頭がパニクりそうだった。

亮は単に「ったく」と、迷惑そうに額に手をあてる。

「いったい何年前の話をしているんだ？」

その瞬間、西神楽帆乃歌はいたずらっ子のように笑う。

「ほんのこの前のことじゃなぁ〜い」

表情が天使から小悪魔まで瞬時に切り替わるところが、さすがに女優はすごかった。

亮は彼女を鋭い目で見つめる。

「二十年くらい前のことは、ほんのこの前じゃないだろ」

「それは人それぞれじゃない？」

対抗するように西神楽帆乃歌は、下から顔を突き上げる。

ブーツを脱いでヒールの分がなくなっても、西神楽帆乃歌は背が高く、亮と並んでも十分に格好がつくくらいだった。

二人の目線は火花を散らしそうに絡みつき、とても「婚約者同士の久しぶりの再会」といった雰囲気じゃなかった。

私はこの訳が分からない展開を整理することにする。

「そもそも、どうして二人が知り合いなんです？」

両手で指差したら、二人はピッタリとタイミングを合わせて首だけでこっちを見る。

「二人は深く愛し合っていたからよ」

「小学校の時、同じクラスだっただけだ」

二人からまったく別の返事が戻ってきた。

とりあえず、それだけで複雑そうな状況がありそうなことを読み取った私は、「はぁ」とため息をついてから、まず西神楽帆乃歌の方へ歩く。

「西神楽さんて、いける方でしたよね？」

それはバラエティー番組に出ている時に聞いたような気がした。

「おっ、お酒は大好きよ」

「じゃあ、一杯やりましょう」

私は彼女の背中を押して、テーブルのホーム側に座らせる。

その時もスマホのバイブレーションが動いていて、振動が腕を通して伝わってきた。

「どういうことよ？」

「恋愛のもつれは、素面《しらふ》でやらない方がいいんですよ」

ニヒッと笑った私は、今度は亮の背中を押してテーブルの反対側に座らせる。

「こんな時間から飲んでいちゃ――」

言葉の途中でさえぎる。

「今日は宿泊客もいないし、もう日も沈んだからいいでしょ」

「おっ、俺には西神楽と話すことはなにもないぞ」

不満そうな亮に、私は優しく笑いかける。

「話すことはなくても、聞いてあげなくちゃいけない時もあるでしょ？」

「…………」

それで亮は黙り、口を尖らせた。

「じゃあ、少々お待ちください」

ニコリと笑った私はスキップするような勢いでキッチンへと戻り、赤い星のついた瓶ビールを二本取り出して三つのグラスと一緒にトレーにのせると、いつも通りに冷蔵庫にあったチーズの塊を適当に切って白いプレートに無造作に盛った。

「とりあえず、これでいいよね」

トレーを両手で持って戻ってみたら、リビングは一時停止しておいた映画のように私が出て行った時にピタリと止まったままの状態だった。

「久しぶりなんでしょ？　二人とも」

少なくとも私がここへ来てからの一年三か月間には、西神楽帆乃歌を見たことはないのだから。

「高校を出た時以来じゃないか？」

ブスッとしたままの西神楽帆乃歌を見ながら亮が答える。

「だったら、昔話で盛り上がればいいのに……」

「話すような思い出はない」

西神楽帆乃歌はキッと亮を睨《にら》む。

「ほんとっ、昔から格好良かったけど、ぶっきらぼうな男ね」

「お前にそんなことを言われる筋合はないぞ、西神楽」

なんだかそのままにしておくとケンカになりそうなので、私はトレーの上でシュポッと栓を抜いてから、亮がいつもピカピカに磨き上げている薄口ビールグラスに黄金色に輝くビールを注いでいく。

ビールがグラスに入っていくと、その向こうにストーブの覗き窓から見える赤い炎や、天井の飴色《あめいろ》の照明が映えてとてもキレイだった。

その時も西神楽帆乃歌の方からは、グゥウンとスマホの振動音が響いてくる。

「西神楽帆乃歌さん、電話……出なくていいんですか？」

「いいのっ」

不機嫌そうに答えた西神楽帆乃歌は、スマホをコートでグルグルと包んでしまった。

「それから！　私のことは帆乃歌でいいからっ」

「あっ、はい……」

「苗字《みょうじ》と名前で呼ばれたら、思わず『はい』って返事したくなるわ」

それについては同感だった私は、ニコリと笑いかけた。

「あっ、それ分かります」

そこで三つのグラスに白い泡とともにビールが入り切ったので、それぞれの前に一杯ずつ置いていく。

「それ飲んだら帰れよ、西神楽」

「うるさいわね。今日は泊まっていくから、腰を据えて飲むわよ」

「実家、そんな遠くないだろ」

亮は倶知安の方を指差し、帆乃歌さんは下を指差す。

「ここコテージでしょ？　客が来たんだから泊めなさいよっ」

「客かどうかは、こっちが決める」

「コックが『客を判断する』って⁉　どういうコテージよ！」

険悪な二人の間に入るように、私はビールの入ったグラスを持った右手を入れる。

「まぁまぁ。では〜二人の久しぶりの再会を祝しまして〜〜。かんぱ〜〜〜い!!」

ブラック居酒屋チェーンの店長に戻ったような気分で大きな声をあげた。

なぜか不機嫌そうな二人は、口を真一文字に結んだまま聞こえるか聞こえないかくらいの小さな声で「……乾杯」とつぶやいて遠慮がちにグラスを合わせる。

亮は唇をつけて一センチくらい飲んだくらいだったが、ガシッと男前にグラスをつかんだ帆乃歌さんは、グゥウゥゥと中身がなくなるまでグラスを傾けた。

真っ赤なルージュがひかれた美しい唇がグラスから離れて、テーブルに置かれた時には白い泡しか残っていなかった。

「鮮やか！　いい飲みっぷりですね、帆乃歌さん」

私はもう一本の栓も抜き、前へ向かってグッと出してきた帆乃歌さんのグラスに、トクトクと黄金色のビールを注いでいく。

「あんたも飲めるんでしょ？　飲みなさいよ」

それについてだけは、しっかり返事が出来る。

「はい！　まごころを込めて――!!」

「なにそれ？」

初めて聞いた帆乃歌さんが、他の人と同じように引きぎみに言う。

「私、元ブラック居酒屋チェーンの店長だったので……」

自分のグラスを持った私は、テーブルのよく言う「お誕生日席」の位置に移動する。

なんとなく、どちらに座ってもそっちの味方をするような気がしたからだ。

そこで「いただきます」と言ってから、帆乃歌さんと同じようにビールを飲み干す。

「あんたもいい飲みっぷりじゃないのっ」

帆乃歌さんは、初めて私に笑いかけてくれる。

さすが酒は人類の友。

「ありがとうございます。飲みっぷりだけは一子相伝の我が桜岡家の伝統芸なので」

「なによ、それ」

プッと噴き出した帆乃歌さんは、まだ不機嫌そうな亮を見て続ける。

「変わった彼女ね」

「だから、そういうのじゃないって……」

「じゃあ、どういう関係なのよ?」

喉へビールをガブガブ流し込みながら、帆乃歌さんは私達を指差す。

「このコテージのオーナーと」と私が答え、

「コックだ」と亮が言った。

そこで、帆乃歌さんはリビングの中を見回す。

「あれ？　ここのオーナーって、おじいちゃんじゃなかった？　いつも学校から帰ってきたらホームで出迎えてくれていた」

なんとなく亮と顔を合わせた私は、譲り合うように目配せをしてから話した。

「おじいちゃんは死んじゃったんです。一年少し前くらいに……」

「あっ……あなた、お孫さんだったの？」

今まで勢いよく話していた帆乃歌さんの顔に、すっと申し訳なさそうな陰が入る。

「そう……ごめんなさい」

「いえ、死んでしまうのは仕方のないことなので。有名な女優さんに『覚えてもらえていた』ってことで、きっと、天国で喜んでいると思います」

微笑んだ私は、空になっている帆乃歌さんのグラスにビールを注いだ。

「比羅夫の時間は、お前が出ていった時に止まったわけじゃないぞ、西神楽」

亮に言われた帆乃歌さんは、恥ずかしそうに頰を赤くする。

「わっ、分かっているわよ……そんなこと」

私はグラスに、当たり前のように自分でビールを注ぐ。

「帆乃歌さんは亮とクラスメイトだったんですね」

「そうよ〜六年間一緒だったんだから〜。運命感じちゃうわよねぇ〜」

コロッと表情を変えた帆乃歌さんは嬉しそうに笑ったが、亮は冷静につぶやく。

「全員で十五人しかいない分校だったんだから、一緒になるに決まっているだろう」

「あぁ、そういうことか。さすが、比羅夫の小学校」

私が納得したら、帆乃歌さんはすっと目を細める。

「小学校の頃からロマンチックじゃないよねぇ〜亮って」

「そういうことじゃないだろ」

帆乃歌さんは首を左右に振る。

「いやいやいや〜そういうことなのよ。『分校全員で十五人しかいない』っていう地域で、二人が出会ったことに……運命を感じないと〜」

「それが運命か？　なにか違う気がするけどな」

亮もグビッと飲んだので、私は瓶に残っていたビールを全て注ぎ込み、急いでキッチンから新たに瓶ビールを二本追加で取ってきた。

「それで？　二十年前くらい……ということは、小学校の頃にお二人はご婚約を？」

私はまるで芸能レポーターのような気分で聞く。

受ける帆乃歌さんも記者会見の時のように背筋を正して応えた。

「そうよ。私が『大きくなったら一緒に暮らそうよ』って言ったら、亮が『分かった』って答えたの。それって結婚の約束、つまりは婚約でしょ？」

その堂々とした姿には、正面からフラッシュの嵐が起きそうな雰囲気。

「確かにそうですね。どうですか？　東山さん」

私はテーブルにあったマジックを、マイク替わりにして亮に向ける。

「いつまでそんな昔のことを言ってんだ？」

「なに言ってんのよ？　古来、日本では小さな頃に相手を決める『許嫁《いいなずけ》』って習わしがあって、結婚相手を決めてきたでしょう〜」

「なに時代の話だ！」

「私にとっては、この前の話よっ」

「そういうことじゃないだろ！」

二人で会話すると、すぐにチグハグに話が繋がって険悪なムードになってしまう。

これは〜まだ飲み足りないかな〜？

本腰を入れることにした私は、おじいちゃんが設置したワインセラーへ足を向けた。

ファンと気笛を鳴らして18時38分発の長万部行が、ホームから出発していった頃には、帆乃歌さんは完全に出来上がっていた。

◇

もちろん、私も亮もそこそこ酔っぱらっている。

お酒もビールからシャンパンへ変わり、テーブル上には空になっていたシャンパンボトルがいくつも置かれていた。

飲み物がシャンパン縛りになっていたのは「女優はシャンパンでしょ～」という帆乃歌さんのよく分からないこだわりからだ。

それが演技なのか本気なのかは分からないが、帆乃歌さんは両手を祈るように合わせて亮に懇願する。

「ねぇ、結婚してよ、亮。約束したじゃな～い」

大きな瞳からはボロボロと涙が溢れ出していたが、これは演技によるものじゃない。

帆乃歌さんは完璧な泣き上戸で、約一時間前からどんな話にもウエウエ泣いていた。

飲んだ酒を全て涙に変えていくような勢いだったので、帆乃歌さんの前のテーブルには二枚目となるバスタオルが置かれている。

「お前、そんな約束、二十年間忘れていたろ」

「そんなことはないわよ～。私はいつも亮のことを考えてたぁ～」

亮は玉子焼きの周囲を沸騰した出汁《だし》で満たされている熱そうな鉄板皿を二人の間に置く。

これは最近亮が出すようになった、熱い鉄板皿の上に置かれたフカフカの玉子焼きが、出汁を少しずつ吸っていき、やがてだし巻き玉子になるという料理。

もちろん「今までのだし巻き玉子はなんだったの!?」ってくらい美味しい。

「ウソをつくな。年賀状はおろか、メール一つ送ってこなかったろ」

「そっ、それは～その～仕事が忙しくて……」

亮はフンッと息を抜く。

「それは……仕事で忘れる程度の事だった……ってことだ」

「そんなことな～い。そんなことないよ～」

帆乃歌さんは抱きつこうとするが、亮は華麗に避けてキッチンへ戻っていく。

デモのシュプレヒコールのように右手を挙げた帆乃歌さんは、戻っていく広い背中に声をぶつける。

「**約束守れ～～～!!　結婚しろ～～～!!**」

「そんなもんは時効だ、時効。忘れろ」

振り返ることもなく、亮はやる気なく手を左右に振った。

亮は、キッチンから次々に最高のアテを作ってては運んでくれていて、帆乃歌さんの飲み相手は知らないうちに私がメインに変わっていた。

最近久しく営業していなかった「スナック比羅夫」開店である。

「帆乃歌さんは亮とずっと一緒だったんですか？」

赤くなった顔を帆乃歌さんはバスタオルでグイッと拭《ふ》く。

すごいのはメイクなんてとうの昔に吹き飛んだはずなのに、まだ余裕で美人なこと。

これは素顔からの美人じゃないと、とても出来る芸当じゃない。

「中学からは、クラスは別々になったけどね」

「へぇ〜でも一緒の中学だったんですね」

当たり前のことだけど……亮にもそんな時代があったのよねぇ。

なんとなく二人の中学生時代の学生服姿を思い浮かべて、微笑ましい気持ちになる。

「それで、高校はどうしたんですか⁉」

昔を思い出した帆乃歌さんは、ポロリと涙を流す。

「高校はねぇ。私が札幌の、寮のあるお嬢様学校へ進学しちゃったから、小樽の高校に行った亮とは離れ離れになったのぉぉぉ」

たいした話じゃないけど、泣き上戸の帆乃歌さんはなにを話してもオイオイ泣いた。

「じゃあ、高校の時には会えなかったんですね」

帆乃歌さんは顔を左右に振る。

「そんなことないわよ」

「どうしてです？」

「だって私の家はこっちにあるんだから、週末は帰ってきて、月曜の朝、小樽の高校に行く子と一緒に六時半くらいの始発列車に乗らなきゃいけないじゃなぁ〜い」

言い終えた帆乃歌さんは、泣きながら大きな声をあげる。

「そっ、そうですね……。だったら、列車の中で毎週会えますね」

フッと顔をあげた帆乃歌さんは泣き止み、クイクイとリビングの床を指す。

「それに亮は、ずっとここにいたから……」

その意味が私には分からなかった。

「ここにずっと亮がいた？」

私が聞き返したら、帆乃歌さんはコクリとうなずく。

「亮って高校に入った時くらいからかなぁ。ここで生活するようになったの、兄弟で」

えっ⁉ 亮って健太郎さんと一緒に、おじいちゃんと暮らしていたの？

私はそんなことは聞いたこともなかった。

その時、知らないうちに背後に迫っていた亮に、帆乃歌さんは頭の後ろをスパンとはたかれた。

「人のことをペラペラしゃべんなって」

すごいな〜亮。テレビで見る女優の頭を躊躇なくはたけるなんて〜。

その一撃で少し醒《さ》めたらしく、帆乃歌さんはムッとする。

「痛《い》った——!! 一流女優になにすんのよ⁉」

「だから、ちゃんと後頭部にしてやったろ」

頭の後ろをさすりながら口を尖らせる。

「コブが出来た後頭部が、カメラに写ったらどうすんのよ⁉」

「写らないように立ち回ればいいだろ。日本一の女優なんだろ」

そのセリフを聞いた瞬間に、帆乃歌さんは水をかけられた炎のようにシュンとなった。

「……亮」

空いた皿を片付けながら亮は、私に説明するように話し出す。

「西神楽は『俺と婚約した』とか言っているけど。そんなことを忘れて高校を卒業したら即、東京へ飛んで行ったのはこいつの方なんだぞ。俺に別れを言うこともなくなっ」

帆乃歌さんは黙ったまま、うつむいていた。

「俺が最後に会ったのは、高校の卒業式から一週間くらい経った時だ。インペリアルホテルのバイトへ行こうと思って、朝一の列車に乗ろうとしたらこいつもホームにいてさ。俺を見つけて近づいてきたと思ったら……」

亮はすっかり静かになった帆乃歌さんを見てから続ける。

「『私、日本一の女優になるから、今から東京へ行く』って言ったんだぜ」

そんな話を聞いた私は、思わず顔がほころんでしまう。

だって、帆乃歌さんは、私の親友で新幹線アテンダントをやっている木古内七海《きこないななみ》と同じように、自分が若い頃に描いた夢を実現しているのだから。

「すごいですね！　帆乃歌さん。高校の頃から自分の将来が見えていたなんて」

だけど、帆乃歌さんは力なくつぶやく。

「そんなの分からなかったわ……。てか、今も見えないわよ」

「いえいえ、そんなことありませんよ。だって、こうして女優として大活躍されているじゃないですか。まさに有言実行ってやつですね。私なんて高校の頃に描いていた夢なんて、きっと、何一つ実現していませんよ～羨《うらや》ましいなぁ」

「その時は『こんなところの田舎者が、なに言ってんだ？』なんて思ったけどさ。今はこうして東京で女優としてやっているんだから、たいしたもんだよ、西神楽は」

やっと亮は優しく笑いかけたけど、帆乃歌さんは机を見つめたままだった。

その時、帆乃歌さんのスマホから、メールの着信を知らせる音が鳴る。

すると、肩を震わせ出して、小さな声でブツブツつぶやき始めた。

「……じゃないよ……なんじゃ……いつまでも経っても……」

私と顔を見合わせた亮が、心配して声をかける。

「西神楽、大丈夫か？」

ポンと優しく肩に置いた手が、帆乃歌さんの心の中のなにかのスイッチを押した。

「アアアアアアアアアアアアアアアアア～～～」

ドラマを目の前で見ているかのように、女優西神楽帆乃歌が泣きながらテーブルに突っ伏した。

バスタオルに顔を埋《うず》めた帆乃歌さんは、声を押し殺すようにウグ～ウグ～と泣く。

「おっ、おい……」

少し怖くなった亮は、肩からそっと手を離して私を見る。

「どっ、どうしたんです？　帆乃歌さん」

「私なんて、まったくダメなのよ。才能がないのっ！」

顔を埋めたままの帆乃歌さんは、顔を左右に振った。

「そんなことありませんよ。だって、ドラマにバラエティー番組に大活躍じゃないですか」

「日本一になれるような……。いや最初から華のある女優なら……十代でヒロイン役をつかんでいるわよ。それなのに……私はこの歳になっても……まだ、脇役」

「……帆乃歌さん」

私も亮も、帆乃歌さんになんて言葉をかけていいのか分からなかった。

きっと、私達とはまったく違う世界のことだろう。

ありとあらゆる力が交錯する実力社会であるはずの芸能界で、一人で頑張ってきた帆乃歌さんに、ブラック居酒屋チェーンの店長の経験談や、コテージでのもてなし方の話をしても、慰めることは出来ないと思ったのだ。

きっと、それは亮も同じ気持ちだったに違いない。

私と同じように、突っ伏して泣き続ける帆乃歌さんを見下ろしているだけだった。

「どうしたんだよ？　西神楽」

亮が困った顔で聞くと、帆乃歌さんはブーンとまた動いたスマホを見下ろす。

「何度もうるさいわね。心配しなくても自殺なんてしないって」

「自殺!?」

私が驚いて聞き返すと、帆乃歌さんは包んでいたコートからスマホを取り出してテーブルの上に置く。

待ち受け画面には大量の着信とメッセージ通知が並んでいた。

「きっと、マネージャーが変な心配してんのよ……。またオーディションで失敗して連絡が取れなくなったから、悲観した私が『なにかしでかすんじゃないか』って……」

亮と顔を見合わせてから、私は帆乃歌さんに話しかける。

「あの～オーディション……。失敗されたんですか？」

「そうよっ、なにか悪い!?」

帆乃歌さんは真っ赤な目で睨みつける。

「もう……結果は出たんですか？」

「まっ、まだだけど……。そんなの分かってんのよっ」

「じゃあ、電話に出た方がよくないですか？　もしかしたら『オーディションに受かった』って連絡かもしれま――」

そんな私の言葉を、帆乃歌さんは泣きながら絶叫してさえぎる。

「受かるわけないでしょ！　オーディションで大失敗しちゃったんだから！　きっと、事務所は呆れちゃって『もう来年は契約を更新しない』って言うに違いないわ！」

そう叫んでから、また大きな声で思いきり泣き出す。

どう声をかけていいのか分からなかった私と亮は、困って肩をすくめるだけだった。

とりあえず慰める糸口をつかもうと思った私は訊ねた。

「ちなみに～どういう失敗をしたんですか？」

私が聞くと、帆乃歌さんは頭をなん度も左右に振ってから気分悪そうな顔をする。

「やっちゃったのよ……」

「やっちゃった？」

フルート型のグラスに入った黄金色に輝くシャンパンを口に含んだ帆乃歌さんは、陰が入ったような顔つきになる。

「もらった脚本はお葬式のシーンだったんだけど、脚本を読んだ私はそのヒロインは悲しい事にクヨクヨするようなタイプじゃなく『前向きで強い女だ』と思って、オーディションの時には……」

その瞬間、なにかのスイッチが入った帆乃歌さんはユラリと立ち上がる。

そして、胸の上でなにかを抱きしめるように愛《いと》おしく両手を重ねてから微笑む。

「きっと、隆《たかし》さんは私達に悲しんで欲しくはないと思っているわ！」

コテージの二階の隅にまで届きそうな透き通る声が響き渡り、比羅夫のリビングがまるでスタジオのセットのようになった。

その瞬間に帆乃歌さんの服が黒いドレスの喪服に見えたし、葬式の日に悲しみながらも明るく元気に振る舞おうとする芯の強いヒロイン像が心に飛び込んできた。

一気に惹《ひ》き込まれた私と亮は、一瞬で観客になってしまう。

その場でクルリと回った帆乃歌さんは、両手を広げてセリフを続ける。

「だから！　今日はお葬式だけど、もう悲しむのは止めませんか？　暗い顔も止めましょうよ。だって隆さんは楽しいことが好きだったじゃありませんか。みんなが笑っているのが大好きだったじゃありませんか。だから、そうしませんか？」

そこで帆乃歌さんは、すっと目を閉じた。

間近で演じられた女優の芝居に惹き込まれた私は、その瞬間に思わず拍手をした。

「すごぉぉぉぉい！　帆乃歌さん」

私は涙ぐみすごい勢いで感動していたけど、帆乃歌さんは「はぁ」と体から力が抜ける。

両肩を分かりやすく落として、再び定位置の椅子にガックリと座った。

亮は黙ったまま帆乃歌さんの差し出した空のグラスにシャンパンを注ぐ。

「すごいじゃないか、西神楽」

「台本に書かれていた、ここで止めておけばねっ」

そこで再びすっと自分にキャラクターを入れて立った帆乃歌さんの目の色が変わる。

「だったら今から宴会にしません？　えぇ、そうしましょうよ！　ほらほら酒屋さんにもっとお酒を頼んで、幕も白黒じゃなくて紅白にしましょうよ。隆さんが贔屓《ひいき》にしていた芸妓さん、今から呼べないかしら？　あの人のお葬式なんだからパァァアッといきましょう」

右に左に大きく振っていた両手を帆乃歌はピタリと止める。

「そっ、それは……？」

私がおそるおそる聞いたら、帆乃歌はブスッとした顔で椅子にドンと座る。

「アドリブよっ」

「アドリブ？」

帆乃歌さんはセリフで乾いた喉を潤すようにシャンパンを飲む。

「バラエティのクセが出ちゃって、自分で作ったセリフをペラペラとしゃべったのっ。そうしたら……監督さんや脚本家さんが呆気《あっけ》にとられた感じになっちゃってね」

すっかり帆乃歌さんの演技の虜《とりこ》になっていた私は、前のめりで聞き返す。

「ダメだったんですか⁉　そういうアドリブを入れるのは？」

「そういう監督さんだったみたい。同じオーディションを受けた女優仲間に聞いてみたら『あの監督、俳優の勝手なアドリブを一番嫌うわよ』って言われちゃって……。だから、オーディションが終わったらマネージャーもオロオロしちゃってね」

「そう……なんですね」

私にはドラマのオーディションなんて、どういったものなのかまったく分からなかった。だけど、台本以上のことを求めない監督だったら、ヒロインに抜擢されることが難しいであろうことは十分に想像出来た。

「それに……みんなオーディションでは、台本に書かれた通り、涙を流しながら健気《けなげ》なヒロインを演じたみたい。きっと、一番上手く泣けた子がヒロインに採用よ」

ギリッと奥歯を噛んだ帆乃歌さんは、あおるようにグラスを上へ向け喉にシャンパンを流し込んだ。

そこで喜怒哀楽の激しい帆乃歌さんには、再び泣き上戸が戻ってくる。

映画で見る女優のように、一瞬で大きな瞳にはジュワッと涙が溜まる。

そして、亮がさり気なく入れ替えておいたテーブルの上の新しいバスタオルに、バタンと突っ伏して「アァァァ……」と声をあげた。

「なんで、あんなアドリブ入れちゃったんだろう〜〜。だからダメなのよ、私。だから、いつまでも経っても、この程度の女優なのよ。今回のオーディションに女優生命を賭けていたのに〜〜〜」

「ちなみに〜どんなドラマのオーディションだったんですか？　それとも、映画ですか？」

私が聞くと、帆乃歌さんは叫ぶように応える。

「朝ドラのヒロイン役の最終オーディションよっ――――!!」

それにはさすがに驚いて、私も負けないような大声で聞き返してしまう。

「ええ〜〜〜!!　朝ドラって!?　あの朝ドラですか〜〜〜!?」

帆乃歌さんは呆れた顔で、また生気が抜けたようなため息をついた。

「それ以外に、朝にドラマ流しているところなんてないでしょ？」

「えっ!?　えっ!?　あの常に二十パーセント近くの視聴率がある上に、全国ネットだから主演になったヒロインは、皆さん国民的女優になって映画にもバンバン出るようになっていく超大人気ドラマ枠ですよね！」

「だから……それ以外にないでしょ？　朝ドラって……」

学校に行っている時は見ていなかったけど、社会人になってからは一緒に働くおじさんやおばさんから「今回の朝ドラは……」なんて話をちょくちょく聞くようになった。それから録画して見るようになっていた。

そして、シリーズテーマが戦後の混乱期に「両親が営業していた小さな居酒屋を様々なアイディアで大繁盛させ、やがて日本最初の一大居酒屋チェーンを築きあげることになる女性」という内容の時に、ブラック居酒屋店長だった私はドハマリしてしまい、それからはずっと見ている。

朝ドラだけは全国ネットで同時刻に放送されるから、比羅夫に来てからも宿泊客がいなくてのんびりした朝はリアルタイムで見ていたのだ。

「すごい！　それってすごいじゃないですか――帆乃歌さん!!」

私はハイテンションだったが、帆乃歌さんからはため息しか聞こえてこない。

「だから……単に朝ドラのオーディションを……『受けただけ』なのっ」

「受けただけ？　そっか、まだ通ったわけじゃないんでしたね……」

私は盛り上がってしまったことを申し訳なく思って、最後の方は声が小さくなってしまった。

一瞬の沈黙が悲しみを誘い、帆乃歌さんは再び声をあげて泣き出す。

女優生命を賭けてまで受けたオーディションに失敗した帆乃歌さんが、故郷に逃げ帰ってきて実家には戻らず、亮のところへやってきたくなる気持ちもよく分かった。

こうなると、私にはかける言葉が思い浮かばない。

「そりゃ～そういうこともあるだろ。オーディションは高校受験みたいなもんなんだから。誰かが受かれば誰かが落ちるさ」

亮に続いて私も帆乃歌さんを慰めようと努力してみる。

「そっ、そうですよ。今までやってきた役だって帆乃歌さんが通ったら、その数十倍の人は落選しちゃっているわけですよね？」

「そんなことでクヨクヨすんなよ」

「次のオーディションは、きっと通りますよ！　きっと」

すると、帆乃歌さんはピタリと泣き止み、ゾンビのようにムクリと上半身をあげる。

その顔はつまらなそうな、ふてくされているような顔だった。

「女優のことを分かったようなこと言わないでよ。あんたらは事務所の連中と同じかっ！」

帆乃歌さんは私と亮を順に人差し指で指してから続ける。

「あのねぇ。女優のオーディションは『いくつか受けていればいつかは通る』とか『脇役でもとれたらいいや』って話じゃないのっ。ダメな奴はいつまでもダメ。落ちる奴はいつまでも……ただ落ち続けるだけなのよ……」

帆乃歌さんはすっかり酔いが醒めてしまったような雰囲気になっていた。

その時、亮が真面目な顔で帆乃歌さんに言う。

「でも西神楽は……それでも日本一の女優になりたかったんじゃないのか？」

泣き止んで「えっ？」と顔をあげた帆乃歌さんは、想いを断ち切るように首を左右に振る。

「いいのっ！　もう女優は引退する。ここに戻って亮と結婚して静かに暮らすから！」

そこで首だけ回した帆乃歌さんは、ウルウルさせた瞳で亮を見つめて続ける。

「ねっ、それでいいでしょ⁉　亮」

上と下で見つめ合う二人を見ていた私の心に、その時、なぜかフッと心臓をつかまれたような感覚が入り込んできた。

ここへ来てから帆乃歌さんは、ストレートなプロポーズを亮に繰り返している。

それも朝ドラのオーディションに失敗したとはいえ、ドラマで見たことのある女優がだ。

たぶん比羅夫へ帰ってきたら、その日から「ミス比羅夫」は間違いないくらいの、レベル違いの超美人でスタイル抜群。

昔の約束がどうであれ……そんな人に何度もプロポーズされたら、亮だってうれしくないわけがないだろう。

横で見ていたら、心にチクリとするものがあったのだ。

二人が結婚したら……亮はコテージ比羅夫に通うことになるのか？　いや、そうなったら二人にコテージを任せた方がお似合いって気もする。

元女優とイケメンコックが出迎えてくれるホームにあるコテージなら、きっと、多くのテレビや雑誌の取材が来て、もしかしたら冬にもたくさんの人が泊まりにくるような人気の宿になるかもしれない……なぁ。

そんな想像が私の頭を駆け巡っていた時だった。

亮がスッスッと帆乃歌さんの横に歩いて、テーブルの高さまで顔を落とした。

なっ、なに!?　ここでプロポーズに応えるの!?

私が焦ったのは、二人の顔が一瞬で二十センチくらいの距離まで近づいたからだ。

帆乃歌さんはアンニュイな顔で優しい笑みを浮かべる。

「……亮」

どんな男子でも吸い込まれてしまいそうな潤んだ瞳で見つめる。

亮も応えるように、静かな目で見つめ返す。

「……西神楽」

また、私だけがスクリーンを見つめる観客のようになった。

だが、次の瞬間、帆乃歌さんの顔前に、亮は握ったスマホを突き出す。

しかも、自分のではなく、しゃがんだ時につかんだらしい帆乃歌さんの白いスマホだ。

なっ、なに⁉　どういうこと⁉

カシャッて音がしてロックが顔認証で解除される。

亮は帆乃歌さんのスマホの画面ロックを勝手に解除したのだ。

突然のことに最初のうちはボンヤリ眺めていたが、やがて帆乃歌さんは勢いよく立ち上がってブンブンと両手を振り回してスマホを奪い返そうとする。

「ちょっと！　人のスマホをどうする気よ⁉」

だけど、さすがに帆乃歌さんは酔っ払い過ぎていた。

「なにゴチャゴチャ言ってんだよ」

一回、二回振り回した腕を、亮にかわされると、

「あっ、ちょっと、亮！」

と、言いながらバランスを崩す。

「危ないっ！」

そう叫んだ私はダッシュで帆乃歌さんの元へ走る。

たどり着いた瞬間に帆乃歌さんはグラリと倒れてきたので、私は両手を出して受け止めた。

私の両腕にクッションみたいに柔らかい体が落ちてくる。

「軽っ!!」

さすが女優になるような人は体の作りが違うらしく、非力な私でも軽く感じた。

そのまま二人で絡んでフロアにペタンと座り込む。

「大丈夫ですか？　帆乃歌さん」

二人で、立ったまま画面を親指で触っている亮を見上げる。

スマホは個人情報の塊で、たとえ付き合っている相手でも見られたくないもの。

だから、私はちょっと怒った。

「亮、いくら幼なじみだからって、それは無神経なんじゃやない？」

横で帆乃歌さんがウンウンとうなずいている。

「そうよ！　昔から無神経よっ、亮は」

ため息をついた亮は、細めた目で帆乃歌さんを見下ろす。

「なに逃げてんだよ、西神楽」

「……逃げてなんか……いないわよ」

「らしくないぞ……そういうの」

「らしいか、らしくないかは、私が決めるわよ」

帆乃歌さんは口を真っ直ぐにして横を向く。

「俺は格好いいと思ったんだ。倶知安から旅立っていくお前の姿を……」

「……亮」

帆乃歌さんの頬が少しだけ赤くなった。

「あんなことは俺には、絶対に出来ない。だから、正直『すげぇ』と思ったよ。そんなお前がオーディションをしくじったくらいで、なにゴチャゴチャ言ってんだ？」

頬を膨らませた帆乃歌さんは亮に言い返す。

「亮は知らないでしょう⁉　東京で『女優を続ける』ってことが、どれだけ大変なことなのか？」

「もちろん、そんなことは知らねぇよ……だけどな」

そこで言葉を区切った亮は、真剣な顔で真っ直ぐに帆乃歌さんの目を見て言った。

「生きるっていうのは、嫌なこととも向き合うことだ……それは知っている」

亮の言葉を聞いた帆乃歌さんは、すっと黙ってしまった。

「それくらいはな。コテージでコックをやっているだけの俺でも知っている。現実と向き合わないと後悔するぞ、西神楽」

三人とも黙ってしまったので、リビングにはダルマストーブの中で燃える薪の音だけがパチンと響く。

一分ほどの静寂が流れた後、画面をスクロールさせていた亮がフッと微笑む。

「やっぱりな」

「やっぱりって？」

気になった私が聞き返したら、亮はスマホの画面を帆乃歌さんへ向けて近づける。

目を逸らしたくなるのをこらえるように、帆乃歌さんが歯をグッと嚙み目を細めた。

だけど、だんだんと顔から緊張感が失われていく。

そして、顔から力が抜けてほころんだと思ったら、輝く大きな瞳からボロボロと涙がこぼれ落ちた。

「ほっ、帆乃歌さん⁉」

心配になった私が声をかけたら、帆乃歌さんは小さな声で言う。

「わっ……私なんだ……」

私が「えっ⁉」と聞き返したら、亮がスマホの画面をこっちへ向けてくれる。

そこには開かれたメッセージがあり、マネージャーさんらしい人から、

【朝ドラのヒロインに決まりました！　ですから、早く連絡ください。監督は『あれだけの脚本でヒロインの性格を深く理解して、台本の範囲を超えて新たな演出の方向性を見せてくれた帆乃歌さんがすごく良かった』って言っているそうです！】

といったメッセージに続いて、居場所を問う長い長い文章が並んでいた。

更に亮がスマホを操作すると、マネージャーからのメールが山のように来ていて、着信も全て事務所からのものだった。

きっと、このニュースを早く届けたくて、必死に連絡していたのだ。

亮は優しく帆乃歌さんにスマホを差し出す。

「どうするんだ？　西神楽」

女優ではなく女子高校生のように腕で涙を拭いた帆乃歌さんは、亮の手からパシンと力強くスマホを奪い取った。

顔にはみるみる生気がやどり、酔いが一気に醒めていくみたいだった。

「ありがとう、美月」

私の両腕の間から自信に満ち溢れた、女優西神楽帆乃歌が立ち上がっていく。

「いっ、いえ……」

輝き始めたオーラをまぶしく感じた私は、気圧《けお》されて上半身を後ろへ引いた。

立ち上がった西神楽帆乃歌が、亮を神々《こうごう》しい瞳で見つめる。

「結婚はまた今度ね、亮」

「その方が西神楽らしい」

二人は黙ったまま見つめ合っていたけど、それだけで二人にしか分からない何かを伝え合えているような気がした。

椅子にあったコートを拾い上げた西神楽帆乃歌は、パッと広げてマントのように羽織る。

「帰るわ、ハイヤー呼んで」

「そんなもん、比羅夫にあるわけがないだろ」

亮が言うと、西神楽帆乃歌が力強く微笑み返す。

「じゃあ、歩いてでいいから、私を実家まで送りなさいよ、亮」

「お前の実家まで、そこそこ距離があるだろ」

その時、駅前へ一台の車のライトが向かってくるのが見える。

それは亮の兄である健太郎さんの車だとすぐに分かった。

「助かった〜。美月、こいつを兄きの車に乗せてもらって実家まで送ってくる。俺は飲んじゃって運転できないからな」

「あっ、うん。是非、そうしてあげて」

そんな話をしている間にも、西神楽帆乃歌は玄関へ歩く。

「早くしないさいよ、亮」

呆れた顔を私に見せた亮は、西神楽帆乃歌の後ろについていく。

「ちゃんと自分の飲んだ分は払えよ、西神楽」

「分かっているわよ、明日帰る前に払いに来るからまとめておいて、美月」

呆然としていた私は、立ち上がって玄関に見送りに立つ。

「はい！　明日までに集計しておきます」

ブーツを履き終わった西神楽帆乃歌は、首だけ回して微笑む。

「今日、三人で飲んだ分は、全部私が払うから」

「えっ……でも、そんな――」

西神楽帆乃歌は私の言葉をさえぎる。

「女優になりたかった頃の気持ちを、思い出させてくれたお礼よ」

まるで映画のワンシーンのように身を翻した西神楽帆乃歌は、玄関ドアを堂々と押し開いて蛍光灯が輝く待合室へ出ていく。

その姿はここへ来た時とは、まったく違っていた。

「また、家《ホーム》へ帰ってきてくださいね」

私がそう背中に声をかけると、西神楽帆乃歌は優しい笑顔を見せてくれる。

「じゃあ。行ってくるわ、美月」

「はい。行ってらっしゃい、帆乃歌さん」

西神楽帆乃歌が勢いよく開いたドアから入ってきた空気はとても冷たかったが、私には気持ち良いものだった。

第三章　落とし物

十六日の朝の列車で、亮は札幌へ行った。

広いコテージ比羅夫の中で、久しぶりに一人になってしまったけど、生活に変化はない。札幌は少し遠いけど列車に乗れば約二時間半で行ける場所だし、年末には帰ってくるという話だったので、私はいつも通りの時間を過ごしていた。

そして、今日十二月十七日は、一件だけ予約が入っている。

予約は御影杏奈《みかげあんな》さんって人で、いつもご家族で来られる人だった。

私も去年親子三人で来て頂いた時にお会いしたことがあったけど、家族水入らずの中に顔を突っ込むこともなかったので、従業員として普通の対応をした。

いつもは春から秋にかけてご家族でハイキングや登山で訪れる方だったので、こうして娘さんだけで、しかも冬は初めてのことだ。

コテージ比羅夫をご存じのお客さんだったので、

「すみません。コックが不在なので、いつも通りの夕食が用意出来ないのですがよろしいでしょうか？」

と一応、電話で確認をとったら「分かりました」と明るい返事が返ってきた。

「美月だけでも作れる冬に美味いものといったら……これしかない」

と言って、亮は「寄せ鍋用の出汁」を大型寸胴鍋《ずんどうなべ》で作って、大量のガラスボトルに分けたものを冷蔵庫に詰めてから札幌に旅立っていった。

そこに美味しい地鶏や日本海で獲れた新鮮な海産物を入れれば、コテージ比羅夫特製「冬の日本海寄せ鍋」が完成する。

亮曰く「寄せ鍋は出汁で決まる」とのことで、そこさえしっかり作っておけば、余程のバカじゃない限り失敗はしないそうだ。

私が余程の料理バカでないことを祈るばかりだが……。

私は杏奈さんから「少し早めになりますが14時50分着の列車で行きます」と聞いていたので、昼からはホームで作業をしていた。

雪は止んでいたので、デニムに防寒ジャケットを着て足には防寒仕様の長靴。

除雪機は使わず大きなプラスチック製と、金属製の四角のスコップを交互に使って、到着の一時間前ほどからホームの細かい部分の除雪を行っていたのだ。

去年は「こりゃムリ」とへばっていたけど、さすがに二年目ともなると大分慣れた。

それは多少手抜きのコツがつかめたということもある。

去年は真面目に除雪をしていたが、雪は除けても除けても降ってくることが分かった。なので、駅を利用するお客さんが困る箇所に絞って、小まめに除雪するようにしたのだ。結果的には亮が毎年やっていたような感じの「列車一両分」の除雪に落ち着く。

「よしっ、だいたいこんなもんかな」

グッと体を伸ばして耳を澄ましたけど、夏は虫の声がにぎやかなホームには風の音しか響いていない。

あらゆるものが雪の下へ埋もれ、駅の周囲はどこまでも続く雪原だった。

「夏に飛び回っている虫は、冬はどこにいるんだ？」

もう「全ての生物は寒さで死んだんじゃない？」ってくらい静かなのに、ちゃんと春になって暖かくなると、虫の声が聞こえるのが不思議だ。

今日の除雪に納得した私が道具を倉庫に片付けていると、長万部方面から14時50分比羅夫着の銀の車両が一両編成で静かに近づいてきた。

車両からは走行音がなくディーゼルの音だけが聞こえ、滑り込むようにして粉雪を率いながらホームに突入してくる。

車窓を見つめていたら、ダウンよりもフカフカした感じのライトグレーのパファーコートを着た私と同じ歳くらいの杏奈さんが、車内をキョロキョロと見回しながら運転台へ向かって歩いていくのが見えた。

私が立っている場所に、いつも通り先頭のドアがピタリとつけられる。

「今日の運転士は、吉田さんかな」

運転の仕方で誰が運転しているのか、だいたい分かるようになった。

吉田運転士は五十半ばのベテラン運転士で、素早くホームに入ってきてピタリと止める。

比羅夫の前を走る函館本線は、多くの列車は運転士一人だけのワンマン運転。

だから、今まで左側の運転台で運転していた吉田運転士は立ち上がって、右側の窓際までやってきて顔を出し、ホームの安全を確認してから開閉装置でドアを開く。

この新しいH100形気動車はバリアフリー対応らしく、フロアが低くてホームとの段差があまりない。

プシュとドアが開いたが杏奈さんの表情は晴れず、後ろ髪を引かれるようになん度も後ろの方を振り返っていた。

杏奈さんは「う〜ん」と首をひねりながら、ブラウンのキャリーバッグを持ってホームにゆっくり出てくる。

気になった私は、すぐに杏奈さんに聞く。

「コテージ比羅夫へようこそ。どうかしましたか？」

「えぇ……どうもイヤリングの片方を落としてしまったみたいで……」

杏奈さんは左の耳たぶを左手で触りながら言う。

「えっ⁉　車内にですか？」

驚いて聞き返すと、杏奈さんは振り返ってもう一度車内を見た。

「はい、そうだと思います」

その時、開閉装置に手をかけていた吉田運転士が、ホームを見ながら指差し確認する。

「あぁ、美月ちゃん。お客さんと一緒にもう少し離れてくれるかい」

私と杏奈さんはドアの目の前で話していたのだ。

そこで一瞬だけ考えた私は、杏奈さんにニコリと笑いかける。

「分かりました！」

そのまま開いていた前の扉から、私は列車に乗り込む。

「あれ？　美月ちゃん、乗るのかい？」

吉田運転士が戸惑ったような目で私を追う。

「私、ちょっと探してきます。コテージの玄関ドアは開いていますので、すみませんが中に入ってリビングで待っていてもらえますか？　杏奈さん」

杏奈さんは目を思いきり見開く。

「探すって⁉　私のイヤリングをですか？」

私はいつものように笑顔で応える。

「はい、すぐに戻りますので～」

「じゃあ、閉めていいかい？」

吉田運転士がドアを閉めようとした瞬間、杏奈さんはキャリーバッグをガッと持ち上げて、焦った顔で車内に飛び込んできた。

「わっ、私も行きます！」

「あれ？　あんたは比羅夫で降りるんじゃないのかい」

目を細めた吉田運転士は怪訝《けげん》そうな顔をする。

きっと、比羅夫での停車予定時間は一分もないはずだから、普通ならドアを開いて閉めるくらいの時間しかないのに、今日は私達が降りたり乗ったりで時間をかけてしまった。

定時運行を心掛けている列車の運転士さんは、こういうことを極力嫌うのだ。

私は吉田運転士にアハアハと笑ってみせる。

「すみません。二人とも乗りま～す」

「ややこしいことはしないでくれるかい？　美月ちゃん」

やっとドアを閉められた吉田運転士はグッと口元を真っ直ぐに結び、ドスドスと歩いて運転席に座り制帽を被り直す。

いつもより短くファンと警笛を鳴らしてから、列車は走り出した。

Ｈ１００形の車両の三分の一は進行方向に対して横向きに座るロングシートが左右に八席ずつ並び、そのうち片側三席分が優先席としてオレンジになっている。

車両中間は向かい合わせの席の並ぶクロスシートで、左側は一人用、右側は二人用シートが三セットずつ並んでいた。車両の後方には車イスを固定出来るスペースや、バリアフリー対応の大きなトイレがある。

Ｈ１００形は導入されてからまだあまり時間も経っていないので車内はピカピカ。

土曜日の14時台の倶知安行普通列車なので、乗っているお客さんは十人くらいだった。

私は車内を見ながら聞く。

「どこに座られていたんです？」

杏奈さんは丁度真ん中くらいを指差す。

「一番手前の一人用シートの進行方向側に……」

「分かりました」

長靴をギュギュッと擦りながら歩いていくと、ロングシートに座っていた高校生くらいの女の子に声をかけられる。

「どうかしたんですか？　美月さん」

比羅夫に住んでいて、いつもホームで顔を合わせていた遠矢《とおや》紬《つむぎ》ちゃんだ。

「お客さんの落とし物を探しにきたの」

「そうなんですね」

紬ちゃんは前を通り過ぎる私を見送った。

まず杏奈さんが指差したシート全体を見回してみたけど、見当たらない。

そこで、シートに両手を添わせて触ってみたけど、どこにもないのが分かる。

「私も、かなり見てみたのですが……」

「どこへ消えたんですかね？」

「列車に乗る時には二つとも耳についていたので、失くしたとすれば列車内なんですが……」

空いてしまった左耳に杏奈さんは手をやる。

「分かりました。では、ここら辺を徹底的に探してみましょう！」

私はピカピカに磨かれているフロアに両膝をついてしゃがみ込むと、壁に固定されていたシートの下の空間に頭を突っ込む。

「ちょ、ちょっと!?　オーナーさん。そこまでしなくても!?」

杏奈さんは焦った顔をする。

「いいんです、いいんです。これ作業着なので汚れても構いませんから。てか、こんなキレイな車両だと、私の方が汚す側かも」

フフッと笑った私は両手を伸ばしてシートの下をゴソゴソと触ったけど、フロアはきれいに清掃されていてホコリ一つ見つからない。

「揺れでどこかへ転がったのかな〜？」

私は自衛隊員のほふく前進のように動き、進行方向反対向きの一人シートも探し始める。

すると、杏奈さんもペタンと横のフロアに座った。

「あぁ〜服が汚れちゃいますよ」

「いいんです！　私も探します」

杏奈さんの目が必死だったので、それ以上は止められなかった。

私は一人用シート側を探して、杏奈さんは通路向こうの二人用シートの下をフワッとした長い茶髪を垂らしてまで探し出した。

すると、そこへ紬ちゃんがやってくる。

「なにを落としたんですか？」

私はシートの下から頭を出して見上げた。

「イヤリングなの」

杏奈さんは自分の右側の耳に残っていたイヤリングを指差す。

「これと同じ形で、シルバーに水色の小さなターコイズがついています」

「分かりました」

そう言うと、紬ちゃんは別のシートの横にしゃがんで、フロアに手を伸ばして探すのを手伝い始める。

こういうところが函館本線の好きなところだ。

東京ならそもそも列車の中で床の落とし物なんて探せないだろうけど、もし、そんなことを始めたら「なにやってんの？」って白い目で見られるだけだろう。

こんなことがあるのは、長閑《のどか》なローカル線だけだ。

胸がほっと暖かくなった私は、紬ちゃんに感謝する。

「ありがとう、紬ちゃん」

私が笑いながら言ったら真面目そうな杏奈さんは、さっと立ち上がって上半身を折って頭を下げる。

「本当にすみません！」

「困った時はお互い様ですから！　こんなの気にしないでください」

元気に答える紬ちゃんの横で、私は「そうそう」とうなずいた。

そこで振り返ったら、車内はすごいことになっていた。

「イヤリング……イヤリングねぇ」

「ターコイズがついたものらしいよ」

「カーブがあったから、そっちへ転がったんじゃない？」

車内にいた十人くらいのお客さんが全員で立ったりしゃがんだりしながら、自分の近くのシートやフロアを覗き込んで探してくれていた。

うれしくなった私は、両手を口につけて大声で叫ぶ。

「**ありがとうございま～～す!!**」

みんなは微笑んで、応えるように手を挙げてくれた。

そんな光景に杏奈さんは感動したのか、恐縮してしまったのか、瞳をウルウルとさせて立ち尽くしていた。

私は杏奈さんの肩にポンと手をのせる。

「とりあえず、今はイヤリングを探そうよ、杏奈さん」

「そうですね。そうします！」

比羅夫から次の倶知安までの所要時間は、約八分。

実質、みんなで探せたのは五分くらいだったけど、十人がかりとなったことで一両しかない車両の全てのシートの下とフロア、それにトイレの中まで捜索することが出来た。

それでも「見つかった」という声が聞こえてこない。

「こんな狭い車内なのにねぇ」

「どこに消えたのかしら？」

と、みんなで考えたが、もう探すべき場所さえ思いつかなかった。

そんなことをしているうちに、列車は倶知安の駅構内に入っていく。

《倶知安……倶知安……終点です》

女性のコンピューターボイスによる抑揚のない車内放送が流れ、シュュュとブレーキがかけられて減速していくのが分かる。

キィィインと大きなブレーキ音をあげた列車は、ホームの先頭付近に停車した。

運転台から出てきた吉田運転士が車内を見て驚く。

「なっ、なにが起きてんだ？」

私が代表して吉田運転士に説明する。

「すみません。お客さんがイヤリングの片方を車内で落としたみたいなので、それを皆さんが一緒に探してくれてたんです……」

吉田運転士は困った顔をする。

「って言っても～、もう終点だからな」

「そうですよね……」

それを横で聞いていた杏奈さんが、車内に向かって大きな声で叫ぶ。

「**すみませ――ん‼　ありがとうございました――‼**」

長い髪をフロアにつけそうになるくらいに杏奈さんは頭を下げて続ける。

「終点だそうですので、皆さん、止めていただけますか。本当に……本当にありがとうございました」

最後は涙声混じりになって、杏奈さんは一生懸命に言った。

お互いに顔を見合わせたお客さんは、みんな残念そうな顔をしながら前の扉までやってきて、杏奈さんに一声ずつかけて下車していく。

「気を落とさないでね」

「そのうち出てくると思うわ」

そんなお客さんに杏奈さんは目を潤ませながら「ありがとうございました」と、一人一人に丁寧に頭を下げて見送った。

やがて、全員がホームに下車したので、車内には一人もいなくなった。

お客さんが一緒に探してくれたのに、結局、見つからなかったのは残念だった。

改めて吉田運転士に、私は頭を下げる。

「いろいろとバタバタして、すみませんでした」

すると、吉田運転士は、私達の前をすっと通り過ぎながら言った。

「どこら辺で失くしたの？」

私は「えっ」と戸惑いながら、最初に探したシートを指差す。

「杏奈さんは、その一人用シートに座っていたそうです」

車両の中央まで歩いていく吉田運転士に、私と杏奈さんもついていく。

吉田運転士は杏奈さんが座っていたシートを見つめる。

「ここか……」

「ええ、そこで座っていて、途中でウトウトしてしまって……。起きたらイヤリングがなくなっていたことに気がついたので、それから探したんですが見つからなくて……」

腕を組んで考えていた吉田運転士は、

「みんなで探しても見つからなかったということは……」

と、言いつつ、すぐ横のロングシートの前に立つ。

そして、シートの座面の手前をしっかり持ち、上へ向かって一気に力を入れる。

すると、シートは背もたれだけを残して座面が一人分だけ外れ、白いシートの骨組みにあたるボディ部分が見えた。

そして、驚いたことに、ボディの中には銀の物体が落ちていて、光を浴びてターコイズがキラリと反射する。

私と杏奈さんは、一緒に指差して叫ぶ。

『**あった――――!!**』

驚いたことに失くしたと思ったイヤリングは、どこをどう滑り落ちたのかは分からなかったがシートの裏側へ落ちていた。

「やっぱりここか……。新型になったから、こういう事は少なくなったんだけどな」

吉田運転士は白手袋をした手で、イヤリングを取り上げて杏奈さんに見せる。

「失くしたもんは、これかい？」

杏奈さんは今にも泣きそうな顔で、何度もウンウンとうなずく。

「はい！　これです。これに間違いありません！」

杏奈さんの右耳に残っていたイヤリングの形をチェックした吉田運転士は納得した。

「本当は遺失物届とかが必要なんだが、同じ形のものを持っているんだから、あんたが持ち主で間違いないんだろう」

そう言いながら、杏奈さんの手のひらにイヤリングをそっと置いた。

イヤリングを待ったままの手で、杏奈さんは吉田運転士の手を両手でつかむ。

「ありがとうございます！　これとってても大事なものだったので、本当に、本当に、助かりました！」

つかんだ吉田運転士の手を上下に振りながら、杏奈さんは一生懸命に感謝を伝えた。

「いや、俺は単にシートをはがしただけだからさ」

目に涙を溜めながらお礼を言われた吉田運転士は、照れくさそうにして続ける。

「こっちこそ、すまなかったな。こんなところに小さな物が落ちてしまうような設計の車両で。ちゃんと改善するように報告書は上げておくから」

「いえ、私の不注意ですので、そんなことは気にしないでください」

泣きながら杏奈さんに言われた吉田運転士は、困った顔で私も見る。

「おっ、おい……美月ちゃん」

フフッと笑った私は、杏奈さんの両肩に両手を置いてゆっくりと手前に引く。

「吉田さんもお仕事中だから……ねっ」

「あっ、そうでした。お手数をおかけしました」

そこでやっと杏奈さんは手を離した。

「じゃあ、ありがとうございました」

私は杏奈さんを連れてホームへ降りた。

そんな私の背中に、吉田運転士が声をかける。

「あぁ〜美月ちゃん。比羅夫からここまでの電車賃は、あとで倶知安駅の駅員に払っておいてくれ。その子の分も」

「分かりました〜」

右手を額にあてて適当な敬礼で応えた私は、杏奈さんに向き直る。

「良かったですね！　イヤリングが見つかって」

嬉しかった私はニコニコ笑いながら言ったけど、杏奈さんはまだ涙目だった。

「これ……大切なものだったんです」

「そうなんですか？」

「両親から婚約祝いにもらったイヤリングだったので……」

「そうだったんですね。だったら、なおさら見つかって良かった。もし、探していなかったら、車内の分解清掃する時まで見つからなかったかもしれなかったですからね」

コクリと頷いた杏奈さんは、グッと顔をあげて私を見つめる。

「ありがとうございます！　こんなに私のために必死になってくださって。それも泊まるコテージのオーナーさんなのに……」

そこで微笑んだ私は、自信をもって首をゆっくりと左右に振る。

「いいえ、これは杏奈さんのためではなく……」

そこで私は自分を指して続けた。


「自分のためにやったことです」


杏奈さんは戸惑い「オーナーさんのため？」と聞き返す。

「ええ、もしあそこで探しに行かなかったら、コテージ比羅夫に『イヤリングを失くして落ち込んでいるお客さんをお泊めする』ことになっていたかもしれませんよね？」

「それは……そうかもしれませんけど……」

首を傾《かし》げた杏奈さんに、私はしっかりうなずいて微笑んだ。

「そんなお客さんを見るのが、私は一番辛《つら》いので……」

「オーナーさん……」

杏奈さんの瞳には、また涙が溜まっていくのが分かった。

でもそれは、嬉し涙と知っていたから、見ているのは辛くなかった。

第四章　親への感謝の伝え方

倶知安へ到着したのは、14時58分だった。

駅舎の方で運賃の精算をし終わったら、さっさと戻りたかったけど倶知安から比羅夫へ行くバスはないので、函館本線の下り列車を待つしかない。

そして、次の倶知安の下り列車は16時55分発で、約二時間待ち。

「倶知安と比羅夫なんて一駅でしょ？」

と、北海道の一駅間をナメてはいけない。

さっきの普通列車でも約八分かかった比羅夫に戻るには、道路を歩いて八・二キロもあるので、スマホアプリなんかで「徒歩で」と調べたら、アッサリ「一時間四十二分」とか出てきて驚かされる。

しかも、こんなチラチラと雪の降る中を歩くなんて、もし、天候が急変して気温が低下してきた時のリスクを考えると、自殺行為に他ならない。

とてもじゃないけどお客さんと一緒にやるようなことじゃない。

倶知安はこのエリアでは一番大きな駅で、北海道新幹線が延伸した場合に停車駅が作られる予定があるくらいなので、駅前はずいぶんにぎやかだ。

そこで新幹線が来てから建て直すと思われる年季の入ったコンクリート二階建て駅舎から出て、駅前にあった喫茶店に入って時間をつぶした。

その間に、杏奈さんには私の呼び名を「オーナーさん」から「美月さん」に変えてもらった。

冬の比羅夫の夜は、東京よりも早くやってくる。

特にこの時期は昼間が短く、九時間程度しか太陽を見ることが出来ない。

西の山向こうに四時半頃には陽が落ちてしまうので、多くの学生が下校時に利用する夕方の列車が走る時間には、完全に真っ暗になってしまっている。

小樽からやってきた倶知安発16時55分の列車で比羅夫へと戻ったら、出て行った時とはまったく違って、真っ暗なホームにポツンと野外灯のスポットライトが光る、真っ白なステージのようになっていた。

まだコテージの電灯も点けていなかったので、今日は一段と暗い。

鍵を開けっ放しで出た玄関からリビングに入って電気を点けるが、そこは比羅夫なので出て行った時とまったく変化はない。

すぐに宿帳だけ記入してもらって、杏奈さんを二階の二人部屋に案内する。

「19時からリビングで夕食になりますので、下りてきて頂けますか？　今日のお泊まりは杏奈さんだけですので……」

「はい、分かりました」

と一旦返事した杏奈さんは、少し考えてから振り返る。

「あの、すみません、美月さん」

「なんですか？」

「今日の夕食って、私だけなんですよね？」

「ええ、そうです、この時期……うちに泊まるお客さんが少なくてぇ～」

私が照れ笑いで答えたら、杏奈さんは胸の前で両手を合わせる。

「お願いです！　夕食をご一緒して頂けませんか⁉」

初めて聞くお願いに私は驚いた。

「えっ、私と一緒に夕食ですか～？」

杏奈さんはコクリとうなずく。

「一人で食べるのも味気がありませんし、美月さんとはこうして仲良くなったので、もう少しいろいろな話を聞いてみたくって。だから、お願いします！」

杏奈さんは改めて、両手を合わせて拝むようにする。

「そうですねぇ……」

迷っている頭の中に、

「ここはNOと言わないインペリアルホテルかっ!?」

「お客さんと同じ鍋つついてどうすんだ？」

とか、腰に手をあてながら怒っている亮の姿が現れた。

でも、お客さんのお願いをなるべく叶《かな》えてあげるのも、宿のサービスの一つだもんね。

私は杏奈さんに微笑みかける。

「分かりました。こんな私で良ければ、夕食をご一緒させて頂きます！」

杏奈ざんは、満面の笑みを浮かべる。

「うわっ、ありがとうございます」

「では、19時になったら、一階のリビングに来てくださいね。もしよかったらお風呂はもう沸いていますので、夕食前に入りませんか？」

「いいですね。じゃあ、そうさせてもらいます」

「場所とか使い方は分かりますよね？」

「はい、大丈夫です」

杏奈さんの部屋のドアを閉めた私は、階段を駆け下りてリビングでダルマストーブに二、三本薪を補給して火力を戻し、テーブルの上を消毒してから中央にカセットコンロを置く。

その間に杏奈さんはバスタオルなどを持って階段から下りてきて、ホームにあるお風呂へ行った。

私の方はお皿やお箸などのセッティングを終えてからキッチンに入った。

いろいろと用意をしていたら、あっという間に18時近くになっている。

亮に「私だけでなんとか対応する」と言ってしまった以上、これくらい乗り切らなくてはオーナーとしての立場がなくなってしまう。

「さて、夕食を作るぞっ」

エプロンをして気合を入れると、冷蔵庫から鍋野菜、地鶏、海産物を取り出してまな板近くに並べて久しぶりに包丁を握る。

食器棚から取り出した大皿に水洗いしてから切った野菜を次々にのせて、見栄《みば》えがいいように高さが出るよう盛り付けていく。水分が出やすい海産物は深みのある別のお皿に入れて、地鶏は一口サイズのぶつ切りにした。

鍋の良いところは、材料さえ切ってしまえば準備が終わることだ。

調理器具を入れてある戸棚からうどんすき用の鍋を取り出し、冷蔵庫から亮が作り置きしておいてくれた特製鍋用出汁をリビングに持っていった。

カセットコンロにセットした鍋にガラスの保存容器を傾けると、亮が長時間かけて作ってくれた黄金色に輝く出汁で鍋が満たされる。

カチャッとコンロに火を点けたら、すぐにカツオや昆布、しょうゆといった食材が混じり合った優しい匂いが部屋全体に広がった。

「もう、このスープだけでも美味しそうだもんね」

ユラユラと揺れる出汁を覗き込みながら、私はそう思った。

その時、玄関ドアが開いて髪をバスタオルで包んだ杏奈さんが顔を出す。

「お風呂、いただきました」

「丁度よかった。今、夕食の用意が出来ましたので」

玄関から上がりながら、杏奈さんは深呼吸するみたいに空気を胸一杯に吸う。

「うわぁ〜、いい匂い。今日はお鍋ですか？」

「すみません。私に作れるのは、これくらいなので……」

申し訳なく伝えたら、杏奈さんは首を左右に振る。

「いえいえ、私、お鍋大好きなんで」

「良かった〜」

ほっとしている私の横を杏奈さんは歩いて行く。

「部屋に荷物を置いたら、すぐに下りてきますね」

階段を上る杏奈さんの背中に、私は言葉をぶつける。

「あっ、杏奈さん。お飲み物はなんにします？」

少し考えた杏奈さんはニコリと笑う。

「やっぱり最初はビールで！」

私はいつものように「はい、まごころ込めて～」と笑顔で応えた。

キッチンから鍋の食材を満載した大皿を運んでいるうちに、杏奈さんが手にスマホだけを持って楽そうな黄色の上下スウェット姿で下りてきた。

「じゃあ、始めますね～」

「はい、よろしくお願いしま～す」

杏奈さんが鍋の前に座ったら、私は立ったまま長い菜箸で材料を出汁に次々に放り込み始めた。私が勤めていたブラック居酒屋チェーンの鶏肉は、長く煮ると固くなってパサパサになったものだけど、いい地鶏は長く煮てもいつまでもプルプルで美味しい。

だから、最初に全部入れてしまって、追加の出汁のように使っていく。

続けて火の通りにくい野菜から順番に黄金色の出汁に沈めていき、あまり沸騰《ふっとう》させないようにして気をつけて煮る。

もちろん、こうしたことは亮から「こうしないと出汁が死ぬからな」と教えられた。

よしよし、これなら大丈夫そうだ。

一応、ブラック居酒屋チェーンでも「鍋フェア」とかはやっていて手順は覚えていたので、この程度の料理ならお客様に満足してもらえる夕食となりそうだった。

それに食材は地元の一流で、出汁は亮が作ったのだから間違いない！

初期投下が終わった私は、キッチンから冷えたグラスと缶ビールを二つずつ持ってくる。

缶のプルを開いて杏奈さんのグラスに注いだ。

「美月さんも座って一緒に食べて、ビールも飲んでくださいよ～お礼に奢《おご》りますから」

「それじゃ～お言葉に甘えまして……」

初めてのことで落ち着かない感じもありつつだが、私は鍋を挟むように座ることにする。

自分のグラスにもビールを注いだ私は、それを手に持って鍋の上に掲げた。

「では、杏奈さんのご婚約に！」

「ありがとうございます」

恥ずかしそうに微笑んだ杏奈さんと私は『乾杯～』とグラスを重ねた。

煮えてきた鍋の具を杏奈さんのとんすいに、小さめのお玉でよそって渡す。

とんすいに口をつけてスッと飲んだ杏奈さんが驚いたような顔に変わった。

「うわっ、このお出汁美味しい～。こんなの初めてです」

亮が「寄せ鍋は出汁で決まる」と言っていたけれど、出汁が美味しいと具材の味までグレードアップさせるから不思議だ。

自分のことのように嬉しかった私は微笑んだ。

「うちのコックが喜びますよ」

鍋を食べて少しお腹が落ち着いた頃に、私は改めて聞いた。

「そう言えば……私が聞くのも変ですけど、どうしてこんな時期にコテージ比羅夫へ？」

完全なシーズンオフに若い女の子が一人で来たのが、とても不思議だった。

それに杏奈さんは、いつもご両親と三人で来ていたのだ。

「結婚したら一人で旅行することはないと思うんです。それなら一人旅の最後に……ここへ泊まろうと思って」

それは素直に嬉しかった。

日本に数万あると言われる宿泊施設の中で、コテージ比羅夫を選んでくれたのだから。

「それは、ありがとうございます。きっと、前オーナーの徹三《てつぞう》じいちゃんも喜びます」

きっと、コテージ比羅夫をそこまで思ってくれたのは、私の代の話ではなく徹三じいちゃんの時代から、とても印象が良かったからだろう。

杏奈さんはリビングの中を見回す。

「コテージ比羅夫は小さい時から、年に数回家族で来ていた思い出の宿なんです。だから、もう一度一人で泊まってみようかな～と思って」

「そういうことだったんですね」

「こうしてここに座っていると、不思議と家に帰ってきた気がします」

それを聞いた私は、わざとらしく胸を張って、定番のセリフを言っておくことにする。

「えぇ、コテージ比羅夫はホームにありますから！」

「確かにそうですね。だから、落ち着くのかなぁ～」

楽しそうにお鍋を食べる杏奈さんの笑顔を見ていて、つくづく「あの時列車に飛び乗って良かった」と思う。

そうじゃなかったら……きっと、夕食はどんよりした空気だったに違いない……。

笑うたびにキラキラと両耳の下で光るターコイズのイヤリングを私は見る。

「本当にかわいいイヤリングですね。それはご両親から頂いた婚約祝いなんですよね？」

右手でイヤリングに触れた杏奈さんはうなずく。

「えぇ、こういうものを両親からもらったのは初めてで……」

「きっと願いが込められているんですよ、そのイヤリングに」

首を傾げる杏奈さんに、私は微笑みかける。

「私、居酒屋の店長をやっていた時に、誕生日宴会をするお客さんのために覚えていたネタの一つに『宝石言葉』ってあるんですけど、そのターコイズには……」

「なんて意味があるんですか？」

興味津々に杏奈さんは聞き返す。

「成功や繁栄って言葉とともに……『旅の安全を祈る』って意味があるんです」

「そうなんですか？」

杏奈さんが顔を嬉しそうにほころばせる。

「きっと、ご両親は人生という旅へ旅立つ娘の、安全を願ったんじゃありませんか」

イヤリングを愛おしそうに杏奈さんはなでた。

「実は……昨日までは父さんと母さんと一緒に旅行していて……」

「いいですね。結婚前に家族水入らずの旅行なんて……」

「結婚したらちょくちょく会えなくなってしまうので、母さんが『最後にゆっくりと家族旅行しない？』って誘ってくれて……。トマムや帯広を中心に三人で回ってきたんです」

自分の人生にはまったくそんな兆候もみられない私としては、そういう結婚前後にある行事に羨ましいものを感じる。

そこでフッと疑問が湧いた私は、杏奈さんに聞く。

「あれ？　今夜はご両親と一緒じゃなくて良かったんですか？」

杏奈さんは照れくさそうに微笑む。

「ここは一度でいいから、一人で泊まってみたいと思っていたので……」

「そうなんですか？」

杏奈さんはリビングを見上げる。

「私にとっては『コテージ比羅夫に一人で泊まる』ってことが、父さんと母さんからの独立って言うか……旅立ちの証《あかし》って感じがして……」

コテージ比羅夫は単なる宿だけど、杏奈さんにとって別な意味があるようだった。

「そういう機会にうちを利用してくださるのは、オーナーとしてとても嬉しく思います」

私が会釈すると、杏奈さんはフフッと笑った。

そんな話を聞くと、別なことも気になってくる。

「ちなみに……旦那様とは、どこで知り合われたんですか？」

「札幌の雪まつりです」

「えっ⁉　そんなところにも出会いのチャンスが？」

ポカンと口を開いた私を見て、杏奈さんはアハハと笑う。

「私が市民雪像の事務所スタッフで、陸斗《りくと》さんは東京から雪像を作りに来ていた人で……」

「へぇ〜旦那様は東京から雪像を作りに？」

「こっちに友達がいるので『お手伝いに』来たそうです」

「へぇ〜じゃあ杏奈さんは、結婚したら東京へ行かれるんですか？」

杏奈さんの顔に少しだけ寂しそうな陰が入る。

「えぇ……陸斗さんの勤め先は東京なので……」

「だったら、ご両親は寂しく感じられるでしょうね」

イヤリングを触っていた手を杏奈さんは止めた。

「私は兄弟がいないので、特にそう感じるみたいで……」

グラスに口をつけて、私はビールを一口飲む。

「一人娘だったんですね〜杏奈さん。よく東京へ行くのを許してくれましたね」

困ったような顔で微笑んだ杏奈さんは首を小さく振る。

「いえ、父さんは最後まで反対だったみたいで、あれこれ理由をつけてはなかなか彼に会ってもくれないし、会う約束をドタキャンしたりして……結局、一年くらいかかりました」

「うわっ、一年間も⁉　でも、杏奈さんのお父さんの気持ちも分かるなぁ〜」

私はニヤニヤとしながら、オヤジのような目で杏奈さんを見つめる。

「どっ、どういうことです？」

私の目線に嫌な予感がした杏奈さんは、上半身を後ろへ引く。

「だって、こんな可愛い一人娘を二十年以上も大切に育ててきたのに、会ったこともない男にフイッて盗られるんだから『一年くらいなんだっ』と思ったんだと思いますよ〜」

私が「分かる、分かる」とうなずくと、杏奈さんは少しだけ頬を赤くした。

杏奈さんは右のイヤリングだけ外して、手のひらにのせて見せてくれる。

「それで昨日、夕飯の後に二人から『婚約祝いに』って……これをくれて……」

「だったら、絶対に失くすわけにはいきませんね！」

「そうだったんですけど……私の不注意で一日で失くすところでした。今日は本当にありがとうございました」

また丁寧に頭を下げる杏奈さんを見ながら、私は右手をひらひらと振る。

「まぁ、うまく見つかったんですから、もういいじゃないですか」

「そっ、そうですすね……」

イヤリングをつけ直す杏奈さんの顔はあまり晴れやかではなく、なにかまだ思い悩んでいることがあるような気がした。

「まだ、なにか気がかりなことでも？」

少しだけ「う〜ん」とうなった杏奈さんは、決意して私の顔を見る。

「もうこうなったら！　美月さんに、相談してもいいですか？」

内容は予測出来なかったけど、私はビールを飲みつつうなずく。

「いいですよ。少しだけ人生の先輩の私が、答えられる程度のことだといいんだけど」

杏奈さんもグラスを空けたので、私はビールを注ぐ。

「父さんと母さんのことなんです」

「ご両親のこと？　どこかお身体が悪いとか？」

首を左右に振りながら困ったように笑う。

「そうではなく……私、最後まで『ちゃんと二人に、自分の口から感謝を伝えられなかったなぁ』と思っていて……」

「二人に感謝……ですか」

そういうシーンは未経験なので、ちょっと現実味がない。

「よくドラマとかであるじゃないですか。ほら、結婚する前の日に指をついて『父さん、母さん……今までお世話になりました』的な」

「あぁ～そういうの、ありますね」

「私、旅行中にも考えていたので、昨日の夜、このイヤリングをもらった後に挨拶しておけばよかったなって……。一人で旅を始めてからずっと後悔していて……」

少し食べるスピードが落ちそうなので、私はコンロの火をとろ火にする。

「どうして言わなかったんです？」

杏奈さんは肩をすくめる。

「一言で言うと……なんとなく……です」

「……なんとなく」

「『今までお世話になりました』っていうタイミングをつかむのって、なんだかすごく難しくありません？」

「確かに……近しい人に感謝を口で言うのって難しいですよね」

それは少し分かった。

私だって亮に心から感謝しているけど、面と向かってちゃんと「いつもありがとう」なんて言った記憶がない。

もちろん、感謝の気持ちは伝わっていると思う……けど。

「私、札幌で一人暮らししていたんですけど、週末は毎週実家へ戻るような感じで生活していたので、改めてそういうことを言うタイミングがよく分からなくて……」

「確かにそうですよね。親って『今日のご飯はなにがいい？』とか『ちゃんと掃除してるの？』とか、いくつになっても子供に向かって話すようなことしか言わないですもんね。そういう会話の中で、突然『あの……』って言い出しにくいですよね」

杏奈さんは「そうそう」とうなずく。

「実家に帰るとダラけてしまうのもあって、突然真面目モードになって言うチャンスもなかったし、父さんはあまり私の結婚の話をしたがらなくて」

「じゃあ、旅行中も？」

「せっかく両親が誘ってくれた最後の家族旅行の最中に、まだ少しわだかまりのある父さんを不機嫌にしてしまうのも『どうかな～』って考えてしまったんです」

「確かにそれはそうですね……」

考えながら返事したのは、杏奈さんの父さんに対する気遣いも分かったけど、私は違う感覚を持っていたからだ。

「そんな雰囲気で面と向かって言えないまま、結婚式が来月に迫ってきてしまって……。でも、結婚が迫ってくればくるほど『ちゃんと別れは告げなくちゃいけない』、『やっぱり一度しっかり感謝を伝えておかなきゃ！』って思いが強くなるようになってきて」

そこで前のめりになった杏奈さんは、必死の目で私に聞く。

「どうしたらいいと思います⁉　美月さん」

私は、あまり悩むことはなかった。

「そんなに難しくはないと思いますよ」

微笑む私を杏奈さんは驚いた顔で見つめる。

「本当に⁉」

私はグラスを両手で持つ。

「人生って迷った時は『自分の気持ちに素直になれ』だと思います」


「……美月さん」

「私、ここのオーナーになる前には聞くも涙のブラック居酒屋チェーンで店長やっていて、徹三じいちゃんから『コテージを継いで欲しい』って遺言をもらった時、『迷うかな』と思ったんですけど……」

私はニヒッと笑う。

「迷わなかったんですか？」

「いったい何の仕事をやっているのか分からない居酒屋の店長よりも、北海道の爽やかな風が吹くコテージのオーナーとなって生きた方が、きっとストレスもなくて楽しく人生を過ごせるに違いないって思えたから、そうしちゃいました」

「それで実際にどうでした？」

「そりゃ〜大変なこともいっぱいありましたけど……」

グイッとグラスのビールを空けた私は、親指をグイッと上げる。

「良かったですよ。自分の気持ちに素直に従って！　だから、杏奈さんも『感謝をご両親に伝えたい』って気持ちに、素直に従えばいいと思います」

杏奈さんは少し困った顔をする。

「でも……どうしたらいいのか。家に行ってドアを開けて二人を前にしたら、面と向かって言うのが難しくなってしまうと思いますし……」

私はテーブルに置いてあったスマホを指差す。

「じゃあ、スマホを使って、ここで動画を撮影して送ったらどうですか？」

杏奈さんは突然目が覚めたように大声で驚く。

「えっ――!?　私から動画メッセージ――!?」

私はうんうんとうなずく。

「杏奈さんが『自分の口でしっかり感謝を伝えたい』ってことなんですから、ここはメールや手紙じゃなくて、きちんと想いの伝わる動画メッセージでしょ！」

「確かにそうかもしれませんけど……」

杏奈さんはまだ戸惑っていたようだったけど、私は決断すればすぐに動く。

前に亮が西神楽帆乃歌にやっていたように、杏奈さんのスマホをテーブルから取り上げると、顔に向けてロックを解除した。

「じゃあ、撮りましょうか」

「えっ!?　もう撮るんですか!?」

杏奈さんは驚きながらも、髪や身だしなみを整え出す。

「こういうことは……思い立ったが吉日！」

杏奈さんは赤くなった頰に両手をあてる。

「いっ、今は酔ってますし〜」

私はカメラアプリを立ち上げ動画モードにして、部屋全体を撮ってから杏奈さんが映るように腕の動きをチェックしながら応える。

「素面になったら素直に言えないですよ〜、きっと！　今が一番いい感じの酔い加減だと思います。ここには私しかいませんし」

「……でも～」

そう言いかけたけど、すぐに両手を拳にして力を込めて顔をあげた。

「そうですね！　頑張ってみます」

「そう、その意気！」

「反対に美月さんが見ていてくれないと、私、一生言えないような気がするので！」

こうなったら、私は映画監督かテレビのプロデューサー気分だ。

「準備はいい？」

服を整えようとした杏奈さんは、とりあえずファスナーを上の方まで上げる。

「こんな服で大丈夫でしょうか？」

「いいと思いますよ。いつも通りの姿の方が、想いは真っ直ぐに伝わりやすいと思うから」

「分かりました」

グッと背筋を伸ばした杏奈さんは、カメラを真っ直ぐに見ながらコホッと咳払いする。

「じゃあ、一発撮りでいこう！」

「えぇ～一回でぇ⁉」

「別に学校の式典じゃないので間違ってもいいから。それでは！　五秒前、四、三、二」

指を折っていった私は、一秒前から黙って、左手に持っていたスマホの赤い録画ボタンを押しコテージ比羅夫の窓際から、ゆっくりカメラを回してテーブルに座っている杏奈さんが真ん中に入ったところで手を止め「どうぞ」と右手を出す。

緊張して口をワナワナさせている杏奈さんからは一言目が出てこない。

そこで最初だけ背中を押してあげることにした。

「独身最後の宿にコテージ比羅夫を選んで頂き、ありがとうございました」

その言葉をキッカケに、杏奈さんは必死にしゃべり出す。

「そっ、そうなの。こっ、ここは……よく家族で来た思い出のコテージでしょ？」

空気を吸い込み過ぎたり、声が裏返りそうになりながらも杏奈さんは続ける。

「だから、私……東京へ行く前に、一度一人で泊まってみたくって……」

スマホの後ろで私は「ＯＫ」を作ってから、親指を立てて見せる。

「そっ、そうね。そうそう、きょ、今日は父さんと母さんに聞いてもらいたいことがあって、コテージ比羅夫で動画を撮っています。あっ、あのね……」

息が詰まった杏奈さんは、手近にあったビールで喉を潤して整えた。

「私がまだ小さな頃、ここへ連れてきてもらったことは楽しかった思い出で、それから毎年のようにここへ来るのが本当に楽しみだった。毎年、毎年、ここでの新しい過ごし方を父さんや母さんが教えてくれて……」

杏奈さんの瞳は次第に潤んでいく。

「ここは家とは別の……もう一つの家のようだった。きっと、父さんも母さんも『私が喜ぶから』って毎年連れてきてくれたんだよね？　そういう想いが……結婚するって思ったら……すごく分かってきたの。とても大切にしてくれていたって……ことが」

こらえ切れなくなった杏奈さんの右目からは涙が一筋流れ出したけど、その顔は悲しいものじゃなくてうれしそうに笑っていた。

泣きながらしゃべる杏奈さんの言葉は途切れ途切れになる。

「父さんと……母さんが……作ってくれた……たくさんの思い出を心に刻んで、私は陸斗さんと東京で新しい家庭を築いていきたいと思います。そして、私も母さんみたいになって、うちみたいな家庭をいつか作って……そう……コテージ比羅夫に遊びにくるね」

泣き出して息が途切れたけど、杏奈さんは必死に笑顔で感謝を伝えようとした。

きっと、ご両親への感謝は悲しいことじゃなく、うれしいことのはずだから。

私の右目からも涙が溢れ出してしまうけど、カメラがブレないように必死に我慢した。

「来月、私は陸斗さんと東京へ行くけど……。父さんと母さんは……これからもずっとずっと大事な……大事な………家族だよ」

二つの瞳からは涙がとめどもなく溢れたけど、杏奈さんは勇気を振り絞って真っ直ぐにカメラを見て微笑んだ。


「今まで育ててくれてありがとう。父さん……母さん……いつまでも元気でね」


そこで杏奈さんが小さくうなずいたのを合図に、私は録画ボタンを押して止める。

長い時間撮っていたような気がしたけど、カウンターを見たら一分半程度の動画だった。

「ＯＫ！　いいと思います」

私は自分の涙を手で拭きながら微笑んだ。

「泣く予定じゃなかったのになぁ〜」

照れ隠しに微笑んだ杏奈さんは、ポケットから出したタオルハンカチで涙を拭く。

「ちゃんと想いが伝わりますよ、この映像から……」

私がスマホを返したら、杏奈さんはサラサラと画面を触って「エイ」とボタンを押した。

「もう送ったんですか⁉」

それには少し驚いた。

「ええ、時間を空けたら、送る勇気がなくなってしまいそうだから……」

そこで目を見合わせた私達は、思いきり笑い合った。

「じゃあ、心もスッキリしたところで！　飲み直しましょうか」

「そうですね。本当に美月さん、なにからなにまでありがとうございます」

頭を下げてくれた杏奈さんに、私は手を振りながら微笑む。

「これは単なるコテージ比羅夫のサービスですから」

「すごいサービスですね」

「ええ、うちは手厚いサービスだけには自信がありますから」

テーブルから立った私は、空になった缶ビールを持ってキッチンへ向かう。

「ビールをとってきますね」

キッチンでビールの準備をしていた私の耳に、リビングからスマホの呼び出し音が聞こえ、杏奈さんが「私」って出る声が聞こえてきた。

しばらく「うん……うん」と応えていた杏奈さんの声が、やがて涙声になっていくのが分かったので、私はしばらくキッチンで待つことにした。

せっかくの家族水入らずの時間を、私がつぶしてしまっては申し訳ないと思って……。

「杏奈さん……本当にご結婚おめでとうございます」

ささやいた私は、プシュッと開けた缶ビールを飲みながら、心から祝福した。
冷たいビールが熱くなっていた胸に心地よくしみた。

第五章　北海道一のホテル

クリスマスが目前に迫る週末となった12月22日。

やはりクリスマス近くには予約が入らず、私は札幌へ行くことにした。

泉沢さんからはインペリアルホテルの宿泊とディナーのチケットがペアで送られてきたので、新幹線アテンダントをやっている親友の七海に連絡すると、

「絶対に行く！　休みを合わせるから」

と、意気揚々だったのだが……22日の朝になって、

「当日にゴメンなさい。同じチームの子がインフルエンザやっちゃって。私が代わりにど～うしても出なくちゃいけなくて……」

と、気落ちした声で電話をかけてきた。

えぇ～～～なにやってんのよ～。

と心の中では思ったが、別に七海がインフルエンザにかかったわけじゃないし、インフルエンザになった子も不可抗力というもの。

「了解。しょうがないね」

「代わりに年末に休みがもらえそうだから、遊びに行くね」

「分かった。お仕事、頑張ってね」

「ありがとう、美月」

と、私達は電話を切った。

電話を切って「他に行く人いるかな？」と一瞬考えたが、さすがに年末も押し迫る週末に、猟師の晃さんの予定が空いているとも思えず、

「しょうがない、一人で行くか」

と、早々に決めた。

一泊分の荷物をワンショルダーバッグに詰め込み、白のセーターにスリムデニムをはいて、上には冬には定番で着ている深緑のN2－Bフライトジャケットを羽織った。

玄関の鍵を閉めてから、ホームに出て空を見上げる。

空はグレーの雲におおわれていて、今にも雪が落ちてきそうだった。

14時50分に比羅夫にやってきた倶知安行に乗り込むと、運転士は若い大沼《おおぬま》さんだった。

大沼さんは運転士になってもう半年以上経ったので、最近は少し余裕を感じる。

「あれ？　コテージはお休みなんですか？」

私の顔を見た大沼さんが声をかけてきた。

「クリスマスまで予約が入らなかったから、札幌へ遊びに行こうと思って」

「そうなんですね」

大沼さんは私以外に乗る人のいないホームを確認してから運転席に座った。

いつものように「出発進行！」と声をあげ、右手を力強く伸ばして指差し確認する。

フォンと気笛を鳴らしてから、銀の車体は真っ白な雪原へ走り出した。

夏にはカタンコトンと鳴る線路は、冬になると雪に埋もれてしまって音がほとんど響かなくなる。

線路は除雪しても枕木の雪までは取り除けないので、正面の窓からはどこまでも広がる真っ白な雪原の中に、銀に輝く二本のレールが続いているのが見えた。

隣り駅の倶知安で約二十分待って、15時18分発の小樽行に乗り換える。

小樽までの列車は基本的に、銀の車体側面に緑と白のラインが入ったH１００形と呼ばれる気動車。

私は小樽へ向けて走り出したH１００形の車窓から、久しぶりに沿線を眺めた。

「北海道はどこもかしこも銀世界になっているのね」

ずっと比羅夫にいると、コテージの周囲だけが雪の中なのかと思ってしまうが、十二月ともなると、どこまで行っても雪に埋もれていた。

私はコテージ比羅夫に来てから、あまり列車に乗って出かけることがない。

気がつけばそうなっていた。

一言で言えば「居心地がいい」からだ。

食材については仕入れの業者さんが数日に一度まとめて届けてくれるので、よほどのものじゃない限り買い出しに行くことはない。

北海道原産の最高の食材で腕のいいコックの亮が毎食作ってくれるから、外食することもない。

ずっとコテージにいる私は、ユニフォームにしている服くらいしか着ないので、新しい服を買いに行くこともない。春から秋にかけて雪のない半年間はお客様が多いので忙しく、出かけている暇はない。

そんな半年間を過ごしているから、オフシーズンになっても、どこかに出かける気になれないのだろう。

こうして、小樽を越えて札幌へ行くのも久しぶりだ。

「亮、元気にしているかな？」

十六日の朝から亮は札幌へ行ったから、まだ一週間も経っていない。

でも、亮がいなくなって静かになったコテージ比羅夫は……やっぱり少し寂しかった。

二人と二人とでは、こんなに感じが違うとは思わなかった。

東京の頃は居酒屋へ出勤すればたくさんのスタッフがいて、コテージ比羅夫には最初から亮がいて、いつでも誰かと話が出来る環境にいた私は、たった一人の職場というのは初めての経験だ。

たまにニセコでスキーを楽しむお客さんが宿泊しに来たけど、だいたい夜遅く到着して朝早くスキーに出かけてしまう。

どんなに面白いことが起きても話す相手はいないし、食事も黙々と食べるしかない。

最初は気にならなかったけど、三日くらいで「寂しい」と感じるようになった。

だから、私は久しぶりに亮と会えることに、少しテンションが上がっていた。

「亮はコテージのこと、ちょっとは思い出しているかな？　でも、インペリアルホテルはスタッフがたくさんいるし、仕事が忙しくてそれどころじゃないかな？」

流れていく雪景色を見ながら、私はそんなことを考えていた。

16時28分に小樽に着くと、札幌行の列車に乗り換える。

もちろん、小樽も除雪された道路以外は、全て銀世界になっていた。

「そっか、運河はライトアップされているシーズンか」

小樽は比羅夫に比べればずっとずっと都会で、冬のライトアップが始まっている小樽運河を見ようと多くの観光客が、ホームや改札口付近に集まっていてザワザワしていた。

16時33分に快速エアポートが出るので、私はホームを早足で歩いて乗り込む。

快速エアポートの車内は真ん中の通路を挟んで二人がけのシートが左右に並んでいた。

小樽から札幌へ向かう路線では、向かって左側に海が見えることもあって、そちら側のシートの窓際から埋まっていく。

まだ右の山側は空いていたので、私は空いていたシートに座る。

夕方までに小樽観光を終えて札幌へ戻ろうとする観光客は多いので、出発時刻が近づいてくると、車内は立つ人も多くいるような状態になった。

「年末だから観光客も多いのね」

コテージ比羅夫は暇なシーズンだけど、一般的な北海道観光は冬も大人気なのだ。

六両編成の列車が定刻に走り出すと、フロアからウゥゥウンというモーター音が響く。

ここでドドドッとエンジン音がしないところが、札幌へ向かう電車に乗ったって感じ。

走り出したらすぐに左側の車窓から、冬の日本海が見えるようになるが……。

「もう、どこまでが海で、どこからが空か分かんないな」

夏ならばテンションが上がるような気持ちいい景色が続く区間だけど、今はグレーの雲と鉛色の海が遥か彼方《かなた》で混ざり合ってしまう、空と海の境界が曖昧《あいまい》になる季節。

そして、風が強く吹いて、どこからともなく雪の欠片《かけら》が飛んできた。

海が見えているのは銭函《ぜにばこ》と呼ばれる駅辺りまでで、そこからは内陸部側に入り込み、沿線に住宅やマンションが立ち並ぶような地域を走り抜けていく。

どんどん都会になっていき、周囲に高いビルが立ち並ぶようになったら、そこが札幌だ。

快速エアポートが札幌に到着したのは17時7分。

蕎麦出汁の香り漂うレトロなホームに降り立ち、エスカレーターで改札階へ下って西改札口から駅のコンコースに出て南へ歩き出す。

札幌の道路は頻繁に除雪されているけど、周囲にはガッツリ雪が積もっている。

普通の町でこんなに雪が積もっていたら「歩いて行くのは大変」と困るところだけど、札幌は地下道が充実しているから安心だ。

駅からエスカレーターで「チ・カ・ホ」と案内された札幌駅前通地下広場に下って十分ほど歩き、インペリアルホテルと矢印表示された場所で左に曲がる。

まったく雪を踏まずに着いた地下一階の入り口から、フロントのある一階に上がって他のお客さんとすれ違ったところで、私は少し焦り出した。

「もしかして……場違い？」

インペリアルホテルが「超高級」というのは知っていたけど、実際の雰囲気はよく知らなかったし「まぁ北海道なんだから」と気楽な感じに思っていた。

よく考えたら……五つ星の高級ホテルに泊まるのなんて初めてだし……。

もちろん、全員が全員ではないが、みんなちゃんとした格好をしている。

男性はスーツが多いし、女性も最低スカートかパンツスーツ。

パッと周囲を見回した感じでは、デニムにスニーカー姿なのは私くらいだった。

高い天井の広々とした一階は壁も床も白い大理石で、中央には本物のモミの木にオーナメントが光るクリスマスツリーが誇らしげに置かれている。

腰の高さの白い大理石カウンターが並ぶフロントが奥にあり、間隔を開けて四人の紺の制服姿のスタッフが立っていた。

チェックイン待ちをしているお客さんは一人もおらず、次から次へとスムーズに手続きが行われ部屋へ案内されていく。

さすが「札幌一」とも「日本一」とも言われるインペリアルホテル。

この格好じゃマズい……よね？

そんなことを迷っている間もなく、髪をキッチリまとめてグレーのタイトスカートにワンボタンジャケットの制服を着こなす女性スタッフに笑顔で声をかけられた。

「お泊まりでしょうか」

「はっ、はい……」

私を見たまま先を歩き出し、フロントへ自然に誘導していく。

「お名前をよろしいでしょうか？」

「桜岡美月です」

爽やかに微笑んだ女性スタッフは、私の名前を小声でフロントに伝えて引き継ぐ。

「……桜岡美月様です」

引き継がれたフロントスタッフが軽快にキーボードを打った瞬間、パッと笑顔を見せる。

「桜岡美月様ですね。泉沢より『最高のおもてなしを』との指示を受けております。本日は当インペリアルホテルにお越し頂き、まことにありがとうございます」

フロントスタッフは、お腹の前に両手を揃えた完璧なお辞儀をしてみせた。

こんな大きなホテルで年末はお客様が多いのに、泉沢さんは私なんかのことでも、ちゃんとフロント係に伝えてくれていて、こうした指示をしてあるのだから驚く。

きっと、すごく仕事の出来る人なんだろうな。

この一つの心遣いだけからも、泉沢さんの仕事ぶりがうかがい知れた。

自分も宿泊業を営んでいるのに、あまりの違いに気圧《けお》される。

「はっ、はい……よろしくお願いいたします」

「お二人でのご宿泊とお聞きしておりますが？」

「あっ、すみません。一人、来られなくなってしまって……」

「それは大変残念ですね」

「ですので、シングルに変更をお願い出来ますか？」

「お部屋は、どうぞそのままお使いください」

さすがインペリアルホテルのスタッフともなると、淀むこともなくサラリと応えた。

フロントスタッフは笑みを浮かべつつキーボードを操作する。

「では、ディナーの方もお一人様に変更ということでよろしいでしょうか？」

「はい、そうしてください」

「分かりました」

フロントスタッフがあっという間にチェックイン処理を終えて、カードキーの入った小さなペーパーホルダーを私の前へ差し出す。

「お部屋は十五階のプレミアムツインルームでございます」

「十五階ですね」

「ディナーは19時より一階のメインダイニング『ノーザンクロス』でご用意しておりますので、時間になりましたらお越しくださいませ」

「分かりました。19時からお夕飯ですね」

私がカードキーを受け取ろうとすると、ロンドンの近衛兵《このえ》のような金の肩飾りとボタンのついた真っ赤な上着、丸い帽子姿の若い男性ベルマンがすっと側《そば》に現れる。

「お荷物をお持ちします」

ニコリと笑った時に見えた白い歯がまぶしい。

お荷物と言われても……私が持ってきたのはワンショルダーバッグだけだ。

「私の荷物って、これだけなので……」

その瞬間、フロントスタッフが、さり気なくベルマンにアイコンタクトを送る。

「では、お部屋までご案内させていただきます」

白い手袋をした右手で「どうぞ」と金のドアが並ぶエレベーターホールを指す。

「ありがとうございます」

「ごゆっくりお過ごしください」

フロントスタッフは丁寧なお辞儀で、私を見送ってくれた。

制服のベルマンにデニム姿で案内されているうちに、だんだん悪い気がしてくる。

部屋から出ないならいざしらず、さすがにディナーにこの格好では行けないな～。

レストランもかなり敷居が高いに違いない。

エレベーターホールまで連れてこられた私は、そこでベルマンに伝える。

「あの～ちょっと部屋へ行く前に、買い物をしてきたいのですが……」

そんなことを言われても、ベルマンは爽やかな表情を崩さない。

「分かりました。では、地下一階までお見送りいたします」

「すっ、すみません……」

あまりの丁寧な対応に恐縮してしまう。

もともとのインペリアルホテルが「NOと言わない」対応の上に、泉沢さんから「最高のおもてなしを」という指示が出ているので、本当に驚くほど丁寧な対応をしてくれていた。

エレベーターで下へ下りる時、一応ベルマンに聞いてみる。

「ここのレストランってドレスコードってありますか？」

ベルマンは私の格好を見ることもなく爽やかに答える。

「いえ、そういうものは一切ございません。気軽にラフな格好でお越しくださいませ」

「ラフな格好……ねぇ」

「ただ部屋着とスリッパは『お部屋の中だけに』とお願いさせて頂いておりますが……」

ニコニコと笑うベルマンの顔が反対にプレッシャーになる。

きっと、私はこれ以外の服を持って来ていると思っているんだろうなぁ。

地下一階に着いてドアが開き、ベルマンに案内されて地下の玄関まで送ってもらった。

「では、行ってらっしゃいませ」

白手袋をした両手で差し出されたカードキーを私は受け取る。

「ありがとうございます。では行ってきます」

私は笑顔で言ってから、札幌駅前通地下広場へ出かける。

さすが五つ星ホテルのスタッフは、超一流だなぁ。

コテージ比羅夫と比べても意味はないけど、私は自分との差に圧倒されていた。

◇

「もしかして……この格好の方が場違い？」

私は部屋の全身鏡に映った自分を見ながら思った。

デニムにスニーカーでは「さすがにマズいか」と思った私は、近くのファッションビルにあったショップで、フェミニンなドレスを買ってきた。

最初は「普段着にでも使える服」と思ったが、そうなるとラフになってしまう。

普段に使えるフォーマルな服となるとスーツのような感じになって、ちゃんとしたものを買おうとするとそれなりの値段になる。

そこで他のショップに行き「ドレスなんて高いよね」と見ていたら、意外にも安かった。一般の人が「年に一、二度のパーティーで着るだけだから」とか、なにか理由があるとは思うけど、ドレスを安く売っていた。

まったく縁のない私が知らないだけで、今、ドレスは安いのかもしれない。

「どうせなら、これくらい着ないとダメだな！」

一念発起した私は、羊蹄山の頂上から飛び降りるくらいの気合で、人生で初めてシフォンのワンピースを買うことにしたのだ。

開いた胸元にレースをあしらった薄いピンクの長袖ワンピースを選び、ついでに安いシルバーのヒールも合わせて買った。

そして、部屋に入った私は、全てを着込んで鏡に映した。

一応、久しぶりに髪のセットにも時間をかけ、メイクをしっかりしてみた。

下半身を勢いよく半周させたら裾がフワッと広がる。

「きっと……これならレストランに溶け込むと思うけど～」

普段、絶対にしないコーデに、私自身が違和感を覚えていた。

「よく言えば友達の結婚式に参加する人。悪く言えばコスプレって感じ？」

なんだか服に着せられているような感じがした。

やはり、身につける服には慣れが必要だ。

サラリーマンのスーツにしても、鉄道会社の制服にしても、長く着ることによって体の一部のように馴染《なじ》んでいく。そのためにはある程度の時間が必要らしい。

とは思っても……ホテルの高級レストランに、デニムとセーターで行く勇気もない。

部屋にあったデジタル時計は、18時50分を示している。

「よしっ、行くぞ！」

まるで戦場に臨むような覚悟を決めて、大きなベッドが二つ並ぶ広い部屋を歩く。

泉沢さんは、窓からの眺めのいい部屋を用意してくれていた。

うちの倍の幅はありそうなベッドが二つ並び、パソコンを置いてゆっくり仕事が出来そうなデスクスペースと、壁にかけた大型テレビの前には、丸いテーブルと二人掛けのソファまである。

冷蔵庫にはウェルカムミネラルウォーターが入れてあり、ミニバーも充実している。

もちろん、トイレとバスは別で、浴槽は白いホーロー製で足をしっかり伸ばして入れそうなくらいに大きく、一目では何か分からないくらいの大量のアメニティーグッズがトレーに整然と並べられていた。

そんな部屋から出ようとした私は、あることに気がつく。

「そっか、ドレスって、ポケットとかってないんだ」

いつも財布やら鍵やらをポケットへ放り込んでいる私は、こういう時にハンドバッグやセカンドバッグが必要になることを忘れていた。

といっても、今から買いに行ってはいられない。

「これでいっか」

私はワンショルダーバッグから、持ってきた下着などを取り出し、そこに財布やカードキーなどを放り込んで、なるべく小さくして小脇に抱えた。

そして、ふかふかした絨毯《じゅうたん》敷きの廊下へ出る。

一歩、一歩と歩き出すと、久しぶりのスカートは足に纏《まと》わりつき、慣れないヒールで足元はグラついた。

「あれ？　こんなに歩きにくかったっけ？」

自分でも前にヒールを履いたのは、いつだったか思い出せない。

叔母さんの結婚式だったか、誰かの法事だったか、もしかしたら大学の卒業式か？

一人暮らしのアパートの靴箱には一つも無かったから、きっと実家にいた頃が最後だ。

長い廊下を歩いていくと、他の宿泊客とすれ違った。

きっと、向こうはまったく気にしておらず、私が単に自意識過剰女なだけなのだが、滅多に見せない胸元をワンショルダーバッグで隠してしまう。

エレベーターホールからエレベーターに乗り込み、ディナー会場のレストランがある一階へ向かった。

ドアが開くと、さっき案内してくれたベルマンがいて「どうぞ」と案内してくれる。

もしかして⁉　私が来るのを待っていた⁉

ベルマンがメインダイニングまで連れていってくれると、驚いたことに泉沢さんがビシッとインペリアルホテルの制服に身を包んで出迎えてくれた。

その姿はコテージ比羅夫で見た時と同じだったけど、ここでは印象がまったく違って見える。

インペリアルホテルの泉沢さんからは「出来るホテルマン」という雰囲気が漂っていた。

「当ホテルにようこそ、桜岡様」

まるで王女に挨拶する騎士のように、泉沢さんは丁寧に頭を下げた。

そんな扱いに慣れていない私は、思わず同じように頭を下げてしまう。

「どっ、どうも。今回はお招きいただき、ありがとうございます」

「いや～ドレス姿もお似合いですね。見違えてしまいました」

一流ホテルマンの社交辞令だけど、嫌な気はしない。

「ありがとうございます。でも、自分が一番違和感を覚えていまして……」

アハハと笑った泉沢さんは、ゆったりと首を振る。

「そんなことありませんよ。すごくおキレイですから自信をお持ちください」

「いらっしゃいませ」と出迎えてくれたウエイターの前を通り抜けてレストランへ入る。

そこはドラマや映画で見るように高級感溢れる場所。

周囲を囲むようにクラシカルな革のソファが置かれ、壁には窓のようにマホガニー枠の鏡が配置され、反対側の壁にはアールデコ調の女性のタイル画がある。

白と茶のタイルの幾何学模様の床をヒールで歩くと、小気味よい音が響いた。

暖かな色の照明は、チューリップの花のような磨りガラスのシェードにおおわれていて、優しい光を放っている。

初めて来たレストランなのに、なぜか「帰ってきた」と安心する感じがした。

「さぁ、東山君が作った最高のフルコースをお楽しみください」

「今日のディナーは亮が？」

泉沢さんは、満足そうにうなずく。

「やはり彼の才能は本物です。こっちへ来るまでにコースメニューを考えていてくれたらしく、ここへ着いたら即戦力となって。今日は東山君考案のコースなので、彼が中心となって、このメインダイニングの厨房を回してくれているんですよ」

亮がほめられることは、コテージ比羅夫がほめられたようで単純にうれしかった。

「そうですか、それは良かった」

「彼に頼んだ古瀬さんも喜んでくれていましてね。いや〜本当にありがとうございました。桜岡さんはインペリアルホテルの救世主ですよ」

「そんな……私はなにもしていません」

そこで泉沢さんは壁際のテーブルの一つに私をいざなう。

「こちらへどうぞ。ソファの方がゆったり出来ますので」

テーブルには白いクロスがかけられ、ズラリと並ぶシルバーといろいろな形のグラスが所狭しと並べられていた。

もちろん、七海の分はキャンセルされているので、私のテーブルには一人分だけだ。

「ありがとうございます」

微笑んだ泉沢さんは、私の顔を見ながら聞く。

「桜岡様は、お酒をお召し上がりになると伺っておりますが」

さすが一流のホテルマン。亮から情報を収集してるんだろうな〜。

そう聞かれたら、ここは桜岡家の伝統芸で答えておかねばなるまい。

「えぇ、たしなむ程度に……」

明るく答えると、泉沢さんは微笑み返す。

「では、お礼にもなりませんが、わたくしの方でおすすめのシャンパンボトルを一本選んで、サービスさせて頂いてよろしいでしょうか？」

元ブラック居酒屋チェーンの店長としては、そんなお誘いを断るわけにもいかない。

「はい。謹《つつし》んでお受けさせて頂きます」

「ありがとうございます。では、すぐに係の者に運ばせますので」

丁寧なお辞儀をした泉沢さんは笑顔のままで去っていき、ワインソムリエと思われる黒いエプロンをした男性に、なにか耳打ちをしてからレストランを出ていった。

しばらくすると、ソムリエの男性がやってきて、

「泉沢より、こちらのシャンパンをおすすめしたいと……」

と、見た瞬間に「高っ」と分かる有名シャトーのラベルの貼られたボトルを見せた。

亮の働きの「おすそ分けってことで」と、私は納得した。

「はい、よろしくお願いします」

ソムリエはボトルの瓶口に白い布を被せて、コルクをおさえているミュズレの針金を少

しずつ緩め、左手で布の上からしっかりとコルクを握った。

右手でボトル本体を回していくとコルクがはずれて、シュユュッと炭酸ガスが抜けるような音が少しだけ聞こえる。

さすが超一流ホテルのソムリエは、付け焼き刃の私なんかと違ってスポンという音もさせなければ、シャンパンが瓶口から溢れるようなこともない。

ソムリエは静かにフルートグラスの半分までシャンパンを注ぐ。

「こちらでよろしいでしょうか？」

グラスの足を親指と人差し指でつまむように持った私は、一口だけ喉へ流し込む。

すぐに鼻の奥から華やかな香りが上がってきて、シャンパン特有の濃いぶどうの味がフワッと口全体に広がり、高級品であることが分かる。

「はい、結構です」

私が微笑みながら答えると、ソムリエはフルートグラスの上の方まで注ぐ。

黄金色のシャンパンに天井から降り注ぐ光が入り込んで、白い泡とともに飴色に輝く。

「ごゆっくりお過ごしくださいませ」

一礼してソムリエがいなくなったら、私は一人でフルートグラスを掲げる。

「いただきます」

乾杯する相手はいなかったので、私はそのままシャンパンをゴクリと思いきり飲んだ。

う〜ん、やっぱり美味過ぎるぞ、このシャンパン！

本当なら「くはぁぁ」と声をあげたいところだけど、私はグッと我慢した。

すぐにフルコースが始まって、料理が一つずつ手元へ運ばれてくる。

ウエイターが華麗な身のこなしで、私の脇からすっと白い皿をテーブルへ差し出す。

「本日の冷前菜は『煮こごりに閉じ込めた冷製ポトフを雲に見立てたレフォールとともに』でございます」

説明を受けているのに、煮こごりとポトフしか分からない。

料理は皿をキャンバスとしたアート作品のように、琥珀色のゼリー状の煮こごりの中にポトフが閉じ込められていて、ムース状の白いソースに囲まれていた。

これがレフォール？

シルバーから前菜用のスプーンとフォークを取って、料理をすくって口へ運ぶ。

その瞬間、コテージ比羅夫では経験したことのない味が口の中一杯に広がった。

「……美味しい」

思わずそうつぶやいてしまった。

濃厚な煮こごりは柔らかくて、ピリッと辛い爽やかなレフォールソースと絡めるように食べると、口の中で溶けていくようだった。

そんなに量があるわけじゃないこともあって、私はペロリと食べてしまう。お客さんによって食べるスピードが違うのに、料理は常に遅くも早くもない絶妙なタイミング、最高の状態で提供される。

続いて出された温前菜は「燻製《くんせい》サーモンと北海道産インカのめざめにイクラをのせて」という料理名で、ほうれん草のジュレがのせられた棒状の燻製サーモンと、ホクホクに焼かれたインカのめざめは、バターとイクラで味付けされていた。

サーモンからは香ばしい燻製の香りが立つ。インカのめざめの方は本当に表現力が乏しく情けなくなるが、今まで食べたことのない最高級のじゃがバターだった。

続く魚料理については、あまりにもややこしくて名前は覚えられなかった。

輝くような白身のキンキは食べやすいように切り込みが入れられ、その合間にムース状のすり身を挟んで焼き上げているという丁寧な料理。

丁度いい具合に入った焦げ目からは香ばしい香りが漂い、身はジューシーでフカフカな仕上がりとなっていて、生姜の香りを利かせたソースが美味しさを引き立てていた。

言うなれば……最高級のお魚の生姜焼き⁉

自分でも知らない料理の表現は、頭の中に浮かばない、ということを思い知った。

こういう料理を食べる前に、ちゃんと舌を鍛えておかないとダメみたいね。

次から次へと出される最高級の料理を味わいながら、私はつくづくそう思った。

メインディッシュは「北海道産北勝牛《ほくとぎゅう》サーロインのポワレ」だ。

赤身と油が細かく鮮やかに交互にさし入れられているジューシーなサーロインからは、シンプルな味付けのソースでも十二分に柔らかさと美味しさを感じられる。

更に「シェフのスペシャリテです」と、黒トリュフのパイ包み焼きが小皿でつけられた。

この料理はすごくて、今までこんなに食べていたのに、もっと食べたいと思わせる美味しさなのだ。

マッシュルームなどの茸をパイ生地状に延ばして鶏むね肉をおおって蒸し焼きにし、その上には薄く切った黒トリュフをふんだんに並べてあった。

こうした料理をホテルで焼かれた香ばしいパンと一緒に食べた。

簡単に言うと「なにもかもが美味しい」。

もちろん、いつも食べている亮の料理も美味しいけど、レベルが違うというか、今まで味わったことのない、究極に凝縮された美味しさだった。

たくさんあった料理をすっかり胃に押し込み、肉料理で使ったシルバーを皿の上に並べて置いていた私の頭に、その時、フッと浮かぶことがあった。

これを亮が作っていたんだとすると……いつもは我慢しているのかな～？

インペリアルホテルから供給された一流の食材を使えば、亮はこんなにすごい料理を作る腕を持っているんだ。

それなのに……コテージ比羅夫では予算の都合があって高級な食材は使えないから、こういう料理を作れない。

それはサラブレッドに荷車を牽《ひ》かせるようなもので、自分の腕が余すところなく振るえるような場所で働く方が楽しい、と亮も思っているに違いない……。

静かに下げられていく空になった皿を見つめながら、私はそんなことを感じていた。

その時二つ向こうのテーブルから、中年男性の太く低い声が響く。

「いや～～戻ってきてくれて嬉しいよ、東山君」

テーブルには恰幅《かっぷく》のいい眼鏡の男性と、ドレスを着たきれいな女性が座っていて、その前には真っ白なコックコート姿の亮が立っていた。

男性は、よくドラマなんかで見る、「シェフを呼んでもらえるかね」と言って今日のフルコースが「美味しかったよ」と伝えるのをやっているのだ。

そんなシーンを、私はリアルで初めて見た。

亮がここに勤めていた時から、男性は知っているようだった。

「年末にお手伝いに来ているだけですので……」

亮はコテージ比羅夫でも、お客様相手の時は不愛想じゃない。

「そうなのかい？　また、毎日東山君の料理が食べられると思ったのに、残念だな」

男性はあからさまに残念そうな顔をする。

「ありがとうございます」

亮が爽やかに微笑んだ。

その瞬間、私の心臓はドクンと鳴り、その横顔は素直に「格好いい」と思った。

いつも亮のコックコート姿は見ていたけど、インペリアルホテルで見るその姿は軍艦や基地で見る制服の士官のように映った。

「こんなふうに見えるんだ……亮って」

今まで近過ぎて見えていなかったけど、みんなにはいつもこう見えているのかな。

思わず手を止めた私は、優雅な動きで爽やかに笑う亮の横顔を見つめた。

最初は誇らしげに見ていたけど、そのうち、あることが頭をもたげてくる。

本当は輝ける才能のある人の時間を奪っているのかな？　私が……。

もし……コテージ比羅夫がなかったら、きっと、亮はインペリアルホテルへ戻ってきて、あっという間にスーシェフにかえり咲いて、いずれはメインダイニングのシェフになるだろう。

そんな可能性を私がつぶしているような気がしてきたのだ。

そう思うと喉が詰まり、いつもなら飲み切ってしまうくらいのシャンパンは、グラスに入ったままになってしまった。

「今はなにをしているんだい？」

男性が亮に聞いた。

「小樽の先にある比羅夫という駅にあるコテージでコックをやっています」

「比羅夫？　どこにあるんだい」

「倶知安とニセコの間にある小さな駅です」

「そんなローカルな場所にあるコテージで、東山君みたいに優秀な料理人がコックを？」

男性は「分からん」といった雰囲気で首をひねっていた。

亮は静かに頭を下げる。

「では、最後までお料理をお楽しみください」

そのまま私の横を亮が通り過ぎて行く。

少し気落ちしてしまった私は、申し訳ない気持ちで目を伏せていたし、亮も急いで厨房へ戻って行ったので、私達の目はまったく合わなかった。

テーブルに目を向けると、知らないうちにデザート皿が用意されていた。

「コーヒーにされますか？　紅茶にされますか？」

ウエイターの声でフッと我に返る。

「えっ……と。あっ、コーヒーをください」

しばらくしてコーヒーが用意されたが、知らないうちに胸が一杯になっていて、とても美味しそうなショコラなのに、私はいつまで経っても手を付けられなかった。

ボンヤリとコーヒーにミルクを入れてかき回していたら声をかけられる。

「少しだけ失礼させて頂いてよろしいでしょうか？」

見上げると、泉沢さんが笑顔で立っていた。

私が「どうぞ」と手を伸ばすと、泉沢さんは向かい側に「失礼します」と静かに座った。

「どうでしたか、東山君考案のフルコースは？」

「えぇ、とても美味しかったです」

「そうですか、そうですか。桜岡さんにも気にいって頂けて良かったです」

「亮があんなにすごい料理を作れるなんて、私、初めて知りました」

泉沢は小さくため息をついてから、気を抜いたようにフッと微笑む。

「シェフの古瀬さんが『亮に頼め』なんて急に言い出したものですから、先日は不躾にも突然お邪魔させて頂きましたが……」

　そこで周囲を見てから、泉沢さんは声を落として続ける。

「私は正直……東山君は来てくれないものと諦めておりました」

「そんなことないんじゃないですか？　亮はお世話になったインペリアルホテルさんにお返しをしたかったと思いますし……」

　泉沢さんは静かに首を振る。

「きっと今回の話は受けなかったと思います……。もし、コテージ比羅夫のオーナーが桜岡さんじゃなかったら」

　その言葉に私はほんの少しドキリとした。

「そっ、そんなことは……」

　泉沢さんは強く否定するように、更に首を左右に振る。

「いえ、絶対にそうです。きっと、東山君も断るつもりだったと思います。ですが、桜岡さんが背中を押してくれたので来てくれたのでしょう」

「うっ、うちの年末は暇ですから……」

　私はあいそ笑いで応えた。

　その時、泉沢さんが真剣な顔をする。

「こんなことをオーナーさんに言うのは大変失礼で、更に不躾なことは重々承知の上なのですが、東山君の才能を改めて見させてもらった者として、一言だけ言わせてください」

そんな前置きから少し嫌な感じがした私は、少し引き気味に応える。

「はっ、はい……」

泉沢さんはゆっくりと丁寧に首を垂れた。

「今すぐにとは申しません……。ですが、いつか東山君を私どもに預けて頂けませんか？」

「泉沢さん……」

そう言われた私は、ただ困ってしまうだけだ。

確かに今はオーナーとして亮を雇っている身だけど、亮は私よりも早くコテージ比羅夫にいたし、私が強引に引き留めているわけでもないし、ましてや持ち物でもないのだ。

「こう言ってはなんですが、数年後に北海道新幹線が開通した折には、比羅夫駅は廃駅になってしまうかもしれないんですよね？」

「それは……確かにそうですけど……」

北海道では新幹線の延伸計画が順調に進んでいる。

現在、新函館北斗《しんはこだてほくと》までできている北海道新幹線は、約八年後の二〇三〇年に札幌まで開通することを目指して工事が進んでいるのだ。

新幹線の経路は新八雲《しんやくも》、長万部、倶知安、新小樽を通って札幌に到着する予定なのだが、並行在来線となる函館本線は、比羅夫も含めて廃線が検討されているとのこと。まだ第三セクターとなって私鉄として生き残る道も残っているけど、地元自治体は予算の少ないところが多く、最近の町の会合で話を聞いてきた健太郎さんは「かなりマズそうですね」ということを言っていた。

もしかしたら……いつの日か……比羅夫に列車が来なくなる日がくるかもしれなかった。そんな話を去年聞いた時、頭には「いつかはコテージ比羅夫がなくなるのか……」という想いがよぎったが、まだ時間があるので真剣には考えなかった。

そのことを泉沢さんは、今、私に突きつけたのだ。

「きっと、そうなったらコテージの維持は大変になりますよね？」

「そう……かもしれませんね」

「そんな時、一つの選択肢として、東山君をインペリアルホテルへ預けることを考えて頂きたいのです。もちろん、桜岡様もお望みでしたら、こちらでのお仕事を私の方で出来る限りお世話させて頂いてもかまいません」

泉沢さんは自分のホテルのことだけを考えて、こんなことを言っているんじゃない。とてもいい人で、亮の料理人としての将来を真剣に考えてくれているのだ。

きっと、私よりもしっかり考えているに違いない。

それが伝わってくるだけに、余計に心にガツンと響いた。

「きっと、東山君は自分から『コテージ比羅夫を出る』とは言わないと思います。ですので、もしもの時は桜岡さんが背中を押してあげてください。今回のように……」

「でも〜亮が私の言うことを聞くとは——」

泉沢さんは私の言葉をさえぎる。

「いえ、きっと東山君は、桜岡さんの言葉にだけは耳を傾けると思います」

「そう……でしょうか」

泉沢さんは自信満々に言ったけど、私にはまったくそう思えなかった。

「もしも、そんな時がきた時は！　私どもは出来る限りのサポートをさせて頂きますので。どうかよろしくお願いいたします」

泉沢さんはテーブルに額がつくくらいに上半身を曲げて頭を下げる。

「お客様に、こんなことを申し上げてすみませんでした」

そこで冷静になった私は、なんとか微笑んだ。

「いえいえ、反対にありがとうございます。亮の将来を真剣に考えてくださって……」

泉沢さんの顔にも笑みが戻る。

「ここ数日の東山君の働きを見ていたので、思わず熱くなってしまいました」

すっと椅子をひいて立ち上がった泉沢さんは恥ずかしそうな顔で続ける。

「なにか別なお飲み物をお持ちしますか？」

まだグラスに一杯残っているシャンパンを見ながら泉沢さんは聞いた。

いろいろなことが胸に渦巻いていた私は、遠慮することにする。

「いえ、ありがとうございます。今日はもうこれで……」

「そうですか。では、ごゆっくりとお過ごしくださいませ」

「はい、ゆっくりさせてもらいます」

泉沢さんはもう一度頭を下げてからレストランを出ていった。

それからのレストランの時間は、なんだかボンヤリとしたものだった。

いつもならショコラを肴《さかな》に、残っているシャンパンを飲み切ってしまうけど、やっぱり胸のつかえがとれなくて、デザートもシャンパンも進まなかった。

なん度もコーヒーをティースプーンでかき回しては、口につけずにそのままにした。

もちろん、心がモヤモヤしているのは、亮のことだ。

正直、コテージ比羅夫がどうなろうが、私はかまわない。

もちろん、経営が破綻しない限りは「続けていきたい」と心から思っているが、それが北海道新幹線開業によって立ち行かなくなっても「仕方ない」と受け止めるつもりだ。

もしかしたら、どこかで再びコテージを開くかもしれないし、北海道の居酒屋チェーンに就職するかもしれないが、私一人で生きていく覚悟は出来ている。

だけど、コテージ比羅夫が、亮の人生の幅を狭めているのなら……それは辛い。

今まではまったく気にしていなかったことだったけど、インペリアルホテルで泉沢さんと話したことでハッキリと認識出来たのだった。

答えの出ない悩みは、いつまでも頭の中で回る。

口を真っ直ぐに結んだ私は心の中で叫んだ。

「なんで七海は来なかったのよ⁉」

別にこの事態は親友のせいではないが、七海と一緒に来ていればこんな気持ちにはならなかったような気がした。

ここにいると余計に悩んでしまいそうな気がした私は、すくっと立ち上がった。

「部屋へ戻ろう」

一歩、二歩と歩いたところで、まだ入ったままのシャンパングラスが目に入った。

これは……バッカスに嫌われるかな？

我が家の家訓を思い出した私は、後ろ髪を引かれながらレストランを後にした。

第六章　亮の夢

レストランから戻った私は、しばらくの間広い部屋の広いベッドの上に、ドレスのままで仰向けに転がっていた。

ボンヤリ見上げる白い天井に照明器具はなく、この部屋の照明は壁際に並ぶ間接照明だけのようだった。

「どうすればいいんだっけ？　いや、なにをすればいいんだっけ？」

きっと、これが七海なら「こうするべきよ」と言うはずだけど、自分のことになった瞬間に、まるで頭に靄《もや》がかかったように分からなくなる。

もしかすると、こういう時こそ「自分がやるべきことをやれ」という状況なのかもしれなかったけど、それは気が進まなかったのだと思う。

いろいろなことを考え過ぎて、グルンと思考が一周した私は、

「なんでそんなに料理の才能があるのよっ！」

と、亮を責めることにした。

その瞬間、ピンポンと呼び鈴が鳴った。

あまりにも気を抜いていた私は「うわっ」と驚いてベッドから飛び起きる。

突然のことに、私は部屋の中を見回す。

「だっ、誰？」

ルームサービスもマッサージも追加枕も頼んでいないし、札幌でホテルまで訪ねてくるような友人も家族も心当たりがない。

私は首をひねりながら、寝転がって広がっていた髪を手櫛《てぐし》で適当に整える。

そして、ドアノブを下へ押してガチャリと開いた。

「はい、なんですか？」

ドアが部屋の中へ向かって開いた瞬間に、私は思わず息を飲んだ。

「**りょ、亮⁉**」

廊下には仕事を終えた亮が立っていた。

「しかも、どうしたの？　その格好」

亮は細身の紺のスーツをベストと一緒に着込んでいた。

コックコートかラフな格好しか見たことがなかったので、びっくりしたのだ。

「いくら仕事上がりといっても、今の俺はここの従業員でスーシェフ扱いなんだから、ホテル内をデニムとパーカーで歩くわけにもいかないだろ」

不満気に口を尖らせた亮は、頬を少しだけ赤くした。

「そっか、そういうことね」

なぜだかコテージ比羅夫でいつも見ている不機嫌な亮の顔を見たことでホッとしてしまい、私はこのホテルへ来て初めてフフフッと気楽に笑うことが出来た。

「それで？　どうしたの」

私がセリフを言い終わらないうちに、亮がツカツカと部屋の中へ入ってきて、テーブルの上に置いてあったこの部屋のカードキーを持ち、入り口のクローゼットにかけたままになっていた私のフライトジャケットをひっつかむ。

「少し付き合え」

私が「付き合う？」と聞き返したタイミングで、亮は私の左手をつかんで引く。

突然の展開に私は戸惑った。

グイグイ手を引いた亮について、私も一緒に廊下へ出る。

「どこへ行くの？」

エレベーターホールへ向かって歩きながら、亮は振り向くこともなく言う。

「どうせ部屋の中で変なことでも考えていたんだろ？」

「別に変なことじゃないけどっ」

私なりに真剣に悩んでいたことを「しょうもないこと」と言われたような気がしたので、私はムッとして応えた。

手をつないだまま、亮はエレベーターの前で立ち止まり、壁に並ぶ上と下のボタンをじっと見つめる。

「一つ上がスカイラウンジか」

十五階の一つ上の十六階には、きれいな夜景が窓から見えるラウンジがあるらしい。

だけど、首を左右に振って「違うな」とつぶやいてから下のボタンを押す。

すぐにキンと音がしてゴンドラが到着し、金のドアが開いた。

そのままなんの説明もせずに、亮は私の手を引いて中へ入る。

行き先ボタンは地下一階を押しドアを閉めた。

グゥンとモーター音が響いてゴンドラが下がりだしたら、

「どこへ行くの？」

と、私は見上げるように聞いた。

「飲み足りないだろう、美月」

「えっ、いや……そんなことは……」

そう答えた私に、亮はニヤリと笑いかける。

「高いシャンパンは口に合わないんだろ？　残していたじゃないか」

私のテーブルも、ちゃんと見ていてくれたんだ……。

そこは少しだけうれしかった。

「それにお腹も減っているんじゃないか？　うちのショコラティエが腕によりをかけて作ったショコラを丸ごと残したんだからさ」

亮はアハハと笑っていたが、私はそこで申し訳なくなって顔が赤くなった。

「本当にごめんなさい！　美味しそうだったんだけど、あの時は胸が一杯で……」

胸を手でなでながら私は軽く頭を下げる。

「分かっている。だから、来たんだ」

そこでドアが開いたので、私達は出入り口へと続く通路を歩き出す。

亮がフライトジャケットを肩からかけてくれたので、私は袖を通さずに羽織った。

ガラス扉が開いたら、すっと冷たい空気に包まれる。

札幌のホテル内は南国のように暖められているけど、札幌駅前通地下広場全体を暖房することは出来ないらしく、空気はキンと冷え切っていた。

「寒っ」

握られていた手を離した私は、ジャケットを両手で持って引き寄せる。

「そんな慣れない格好しているからだろ」

ドレスにジャケットを羽織る私の姿を見ながら亮がフフッと笑う。

この格好は別にしたくてしているわけじゃない。

「あんなレストランにデニムとセーターで行けないでしょ？」

「まぁな、俺は今まで一人も見たことはないね」

「でしょ？　だから買ったのよ、夕方にね」

「それは災難だったな」

アハハと笑った亮は、私の肩に手を回して押すようにして歩き出す。

そのまま南へ向かって地下広場を歩き、慣れた様子で通路右側から階段を上がっていく。

地上に出ると、目の前には雪の積もった大通り公園が続いていた。

左を向くと東京タワーのような鉄骨のテレビ塔が、青い光でライトアップされている。

真っ暗な空からはチラチラと雪が降っていて、道路にも薄っすら積もっている。

町はどこもクリスマスイルミネーションになって、カップルや忘年会上がりの人達が大きな声で話をしながら歩いていた。

こんなにたくさんの人が行き交うのを見たのは久しぶりだ。

そんな人達をすり抜けるようにして、亮は一軒の店の前で立ち止まる。年季の入った赤い提灯《ちょうちん》が下がっている。

「ここが割と美味いんだ」

「焼き鳥屋？」

亮は「そう」と言って、引き戸をカラカラと開く。

久しぶりの札幌で、クリスマス前だというのにコテコテの焼き鳥屋とは……。

だけど、店内に入った瞬間に、そんな思いが吹き飛んでしまう。

年季の入った縄のれんをくぐると、カウンターの向こうから漂ってくる煙で少し煙《けぶ》っている。店中、鳥の焼ける香ばしい香りに包まれていて、入った瞬間に「美味そう」と思わせるものがあった。

もちろん、私の勤めていたブラック居酒屋チェーンでは、こんな香りはしない。単に油と酒が混じったような臭いが漂っているだけだった。

だからなのか、会社帰りの女性グループも含めて、三十人ほど座れそうなテーブル席はギッシリと埋まっていた。

テーブルごとにみんなが声をあげて盛り上がり、あちらこちらで湧き起こる笑い声が一つになって、波の環境音のような飲み屋サウンドを奏でていた。

もしかしたら人によっては「うるさい」というかもしれないけど、私にとっては「帰ってきた～」と思えてしまう懐かしくて心地よい音だった。

飲み屋の雑音でそう思ってしまうなんてね～。

だからロマンチックで静かな店とは、ずっと縁がないのだろうと思った。

作務衣姿の店員がやってきて、すまなそうな顔をする。

「カウンター席しかないんですが……」

亮は二つ返事で「いいよ、それで」と微笑み返す。

店員は奥の空いていた席へ案内してくれる。

私達でカウンター席も埋まってしまい、これで店内は満席だ。

「カウンター席に新規二名様で～～す!!」

そんな元気のいい返事を聞くと、思わず体がビクリと反応しそうになる。

「美月、返事するなよ」

「わっ、分かっているわよ」

もちろん、店内も暖房と焼き場の遠赤外線で暖かく、私はフライトジャケットを脱いで用意してくれた荷物入れに丸めて入れる。

その瞬間、周囲の目線がフッと集まったような気がした。

亮はまたアハハハと、楽しそうに笑う。

「うちのメインダイニングでは目立たない格好だけど、ここじゃコスプレばりに目立つのは不思議だよな」

私は自分の姿を改めて認識して、顔が赤くなる。

「そっか、ドレスを着ていたんだった」

「結婚式じゃなくて、二次会から逃げ出してきた花嫁みたいだぞ」

「二次会とか言わなくていいでしょ」

私は右手で、亮の胸にパシンと突っ込みを入れた。

横に長身でスーツをキッチリ着こなしている亮がいることで、更に意味深感がアップしているような気がした。

いいお店だけど、たぶん、こういう格好で来るような店じゃない。

そこへ店員が左手に伝票、右手にボールペンを持ってやってくる。

「お飲み物はなににしますか？」

亮は私に聞かずに注文する。

「生中を二つで！」

「わっかりました～。生中二丁ですね～」

店員はサラサラと伝票を書いて一部を切り取り、厨房へ戻りつつ「生二つ！」と叫んだ。

「こういう店の方がいいだろ？」

インペリアルホテルの最上階ラウンジは、私には「似合わない」と言われているような気もするけど、確かにこうしたお店の方がホッとする。

メインダイニングの料理はどれも美味しかったけど、緊張感が抜けなかったのも事実だ。

「まあね……」

そこで店員がやってきて、二人の間に満タンに入ったビールジョッキをドスンと置く。

「へいっ、生中二丁お持ち！」

外の気温は氷点下で町は雪で凍りついているのに、ジョッキ表面が薄っすら凍るくらい冷えているビールを見て「美味しそう」と思うのだから不思議だ。

「美月、焼き鳥で嫌いなものあるか？」

「特にないけど」

亮は「じゃあ」と適当に十本くらい店員に頼んだ。

店員がいなくなったのを合図に、私達は同時にビールジョッキを持ち上げる。

「なんに乾杯だ？」

そう聞く亮に、私は少し考えてから言う。

「私の北海道での二度目の冬にっ」

「そうか」

私達は『かんぱ〜い』と勢いよくビールジョッキをぶつけ合った。

カキンと重いガラス同士がぶつかる心地よい音が響き、私も亮も息が苦しくなるまでゴクゴクと飲んだ。

シャンパンが途中から喉を通らなくなっていたから、もうあまり飲めないような気がしていたのに、こうして焼き鳥の香りに包まれて、目の前に冷えたビールジョッキを出されると、飲み会の最初に戻ったかのような勢いで喉を通っていく。

一口目で七割近くを飲み干した私は、いつものように目をつむって叫んだ。

「**クハァアァアァア〜!!　やっぱ、札幌で飲む生ビールは美味い！**」

本当に不思議なことだけど、生ビールは地元で飲んだ時の方が断然に美味しい。

北海道ならばサッポロビール、沖縄ならオリオンビールと、そこへ旅行した時に美味しく思ったからお土産に缶ビールを買ったり、東京で同じ銘柄の生ビールを出すお店にも行ったりしたけど、「こんなんだったっけ?」って感じてしまうのだ。

亮は三割ほど減ったビールジョッキをテーブルに置いて言う。

「うちも缶じゃなくて、生ビールを置くようにするか?」

「おっ、それいいねぇ。来年の夏のシーズンから導入を考えてみよっと」

私は残っていたビールをご機嫌で飲み干し、店員に「生中一つ」と追加で頼んだ。

そんな私を微笑んで亮は見つめている。

「ほらっ、飲み足りなかっただろ？」

全てを見透かされているのは悔しいが、亮は私のことをよく分かっていた。

「ああいう場所だと、ビールをガブガブってわけにもいかないし……」

「別に気にせず飲めば良かったのに」

私を見ながら亮はフッと笑う。

「雰囲気ってあるでしょ？」

亮は「まぁな」と言って私のドレスを指差して続ける。

「美月でさえ、そういう格好をするんだから、インペリアルホテルの持つ威厳っていうのか雰囲気ってすごいよな」

何度も言われたので、一応逆襲しておく。

「なんだか人のことばっかり言っているけど、別に亮もスーツが似合っているわけじゃないからねっ」

私は右の人差し指でグイッと胸元を指す。

「そっ、そんなことねぇよ」

「いやいや、なんかスーツが『浮いてる』って。泉沢さんみたいに体の一部みたいになったら『着こなしている』ってことなんだから」

そこでお互いの格好を見合った私達は、なんだかおかしくなって思いきり笑い合う。

こうして久しぶりに亮と話をしたら、なんだか胸のつかえがとれたような気がした。

ほんの数分話しただけなのに……。

その時、店員が追加のビールジョッキと焼き鳥をのせた皿を持って現れる。

「へい、生中と焼き鳥お待たせしました」

亮は「だったら」と、残っていたビールを飲み干して店員にビールジョッキを手渡す。

「俺も生中一つ追加」

「生中一つ、ありがとうございます」

そう言いながら去っていく店員の背中を見送った私は亮に聞く。

「いいの？　インペリアルホテルのスーシェフさんが、明日も忙しいのにガンガン飲んでいて……」

「ストレスを発散しておかないと、プレッシャーで失敗するかもしれないだろ」

「ストレス？　プレッシャー？」

あんなにそつなくこなしていて、泉沢さんからの評価も抜群なんだから、亮がそんなものを感じているなんて少しも思わなかった。

ビールジョッキを上げて飲む亮は、コテージ比羅夫の時よりもピッチが早かった。

「俺がプレッシャーを感じないとでも思ったのか?」

「そんなことはないけど……」

「けど、なんだ?」

亮に顔を見返されたら、泉沢さんから言われたことが私の頭に浮かんだ。

言葉を選んだ私は、一拍置いてからしゃべる。

「レストランでのスーシェフの仕事を、すっごくうまくやっていたみたいだったから……」

「そんなわけないだろ」

亮は首に手をあてながら続ける。

「ギリギリだ、ギリギリ。一つ間違ったら大惨事を起こしてしまいそうさ」

「そっか、大変なんだ……」

それはちょっと意外な気がした。

「当たり前だろ。小さなコテージでチョコチョコとコックをやっている俺が、突然、こんな超一流のメインダイニングのスーシェフなんて務まるわけがないだろ」

亮はフッと笑ってからビールジョッキに口をつけてゴクリと飲む。

「でも……もともと、亮はインペリアルホテルみたいな超一流のホテルのシェフになりたかったんでしょ？」

両手でジョッキを持ってチビチビと飲んでいた私は、なんだかグチるような感じで言ってしまった。

「もともとはな。いつかは『古瀬さんみたいなシェフになりたい』って思っていたさ」

「やっぱり大きなホテルの方がいいよね？」

「まぁな、お客さんも多いからやりがいはあるし、給料もいいだろうしな」

給料を決めているオーナーの私の顔を見て、亮はニヤリと笑う。

「そっ、そうだよね……。うちじゃ使えないような食材をふんだんに使って、あんなにすごい料理を毎日作れるんだもんね。それは料理人にとって幸せなことだよね……」

「そりゃ〜高級食材をふんだんに使えた方が楽しいだろうけどな」

そんな話をしていたら、「亮にコテージ比羅夫から出ていくように言わなきゃ」とか「才能のある人の将来を奪っちゃダメだ」って想いが頭の中を埋めていく。

でも、素直にそう言えないのは、葛藤があったからだ。

それは単に「オーナーとしてコックの亮がいなくなったら困る」とかいう単純な想いじ

ゃないし、どう表現すればいいのか分からなかったけど、モヤモヤとしたものが心の中にあって、どうすればいいのか分からなかった。

だから、結果的にブツブツとグチを言うような感じになってしまっていた。

「そうだよね。だったら、コテージ比羅夫じゃ楽しくないよね」

亮が少し怒ったような目をする。

「別にそんなことは言ってないだろ」

どんどんビールだけが進む私のテンションは下がっていき、反比例するように亮は不機嫌になっていくような気がした。

「泉沢さんが言っていたよ、『亮の料理の才能はすごい』って……」

「俺ぐらいの奴なら、いくらでもいるさ」

「そんなことないよ。お客さんだって亮が戻ってきてくれて喜んでいたし……」

「あの人はインペリアルホテルのお得意様で、スタッフにそういう声をかけて『ホテルを育てる』のを楽しみにしている人なんだ」

私は小さく「はぁ」とため息をついてしまう。

「私、もしかしたら、そんな才能ある人の『将来を奪っているのかなぁ～』って……」

「なにを言っているんだ？　美月」

亮も私と同じようにビールだけがハイペースで進み、あっという間に空になる。

『**生中！**』

そこだけは二人のタイミングがピタリと合う。

生中が二つ運ばれてきて空になったジョッキが片付けられるまで、どうしゃべっていいのか分からなくなって、私も亮もずっと黙ってしまった。

沈黙に耐え切れなくなった私は、思わずボソリとつぶやく。

「亮は自分の夢を追いかけた方が……いいよ」

ビールジョッキを見つめていたら、亮は「ったく」と突然グググッと飲む。

横を見た私は唖然としてしまう。

あまりにも勢いよく飲んだから、口の脇からビールがこぼれスーツにも散る。

だけど、気にすることもなく半分くらい飲み切った亮は、勢いよくジョッキをテーブルにドンと置いてからキッパリ言い放った。

「**勝手に俺の夢を決めるなっ！**」

ギロリと睨まれた私は気圧されて、思わず後ろに引く。

「えっ……だって、亮の夢はインペリアルホテルみたいな大きなホテルのメインダイニングのシェフになることじゃないの？」

仕事で疲れていたのに駆けつけでジョッキ三杯目に突入していた亮は、さすがに一気に酒が回ったらしく顔は赤くなっていた。

その赤い顔で私にグッと迫ってくる。

「さっきも言ったろ……『もともとはな』って」

「もともと？」

「分かんねぇ奴だなぁ。じゃあ、美月はブラック居酒屋チェーンに入社した時の夢と、今の夢は同じなのか？」

「そっ、それは……全然違うけど」

居酒屋チェーンがあんなにブラック企業と思っていなかった頃は、内定をもらえただけでも嬉しかったし、入社式に臨んだ時は「会社のために頑張ろう」って心が燃えた。

新人研修の時は「同期で一番早い店長になるぞ」と思ったり、店長になったら「悪いところを直して、日本一楽しい店にするんだ！」なんて夢を店舗スタッフに話していたこともあった。

だけど今は……「来てくれるお客さんが、コテージ比羅夫にいる間、楽しく過ごせるようにしたい」って思うようになり、そんな楽しいコテージが『永遠に比羅夫にあるように……』というのが……夢……かもしれない。

体を引いた亮は、ビールを飲みながら遠い目をする。

「だろ？　俺だって、今の夢は違う」

私は惹かれるようにして聞いた。

「今の亮の夢は……なに？」

ゆっくりと首をこっちへ向けた亮は、今まで見たことのないような笑顔で言う。

「無人駅にある小さな宿に来てくれる、顔が見えるお客さんに、インペリアルホテルを超えるような料理を出して、楽しく幸せに過ごして欲しいだけさ」

亮の夢を本人の口から聞いた私は、思わずハッとしてしまう。

もしかして……私達の夢は同じ？

そんな話は初めて聞いた。

二人で将来の夢について語ることもなかったからだ。

そして、私が思っている夢と、亮が描いていた夢はかなり近いような気がした。

二人とも、来てくれたお客さんが楽しく過ごせるようなコテージ比羅夫にしたい。

来てくれたお客さんは、みんな幸せになって欲しいのだ。

一気に心臓が高鳴り、体が温かくなっていくような気がした。

思わず時が止まったみたいに目を開けっぱなしで亮を見上げていたら、フッと笑われてしまう。

「なんで泣いてんだよ？　美月」

「えっ、私、泣いてる⁉」

慌てて右手で頰を触ってみたら、右目から涙が一筋流れ落ちていた。

亮は「ほらっ」とポケットから水色のハンカチを出して私に手渡してくれる。

「ありがとう」

受け取って頰にあてて涙を拭いたら、久しぶりの濃い目のメイクだったのでハンカチがファンデーションで汚れた。

「ゴメン、これは洗濯して返すね」

「そんなことは気にすんな」

亮が右腕を伸ばして大きな手を広げて、私の頭の上にのせてグシグシとなでた。

頭の上からゆっくりと温かみが広がる。

慰《なぐさ》められたような、元気づけられたような、変なことばっかり言っていたのを怒られたような、友達として肩を組まれたような……。

亮はそんな想いを一つも込めなかったかもしれなかったけど、私の心の中にはぶわっと感情が入り込んできて、ボロボロと涙が流れ出してしまう。

「りょ、亮……」

それ以上、一つも言葉に出来なかった。

私はしばらく亮と話せなかったから寂しかったし、泉沢さんに言われたことで自分が亮の夢を邪魔しているんじゃないかと思ったし。インペリアルホテルで輝いていた亮に嫉妬のようなものが湧いていたのかもしれない。

そんないろいろなマイナスの気持ちが、たった一度頭をなでられただけで溶けてしまい、それがほのかな嬉しさとなって泣けてしまったのだ。

ボロボロと涙が止まらなくなって恥ずかしかった私は、こぼれ出した分を補給するような勢いでビールを一気に飲んだ。

すると、少しだけしょっぱい涙味が口の中に広がった。

フフッと微笑んだ亮は、付き合うように飲んでくれる。

「きっと、そうなんじゃないかな……って思ってな」

「そうなんじゃないかって？」

私はもう気にせずメイクを取るくらいの勢いで、ハンカチで拭きながら聞き返す。

「なんか……きっと美月は『部屋へ戻って変なこと考えてんだろうなぁ』ってさ」

悔しいけれど亮の読みは図星だった。

もう意地を張っていてもしょうがないので、私は分かりやすく口を尖らせる。

「だって……泉沢さんがすごく亮のことをほめて『インペリアルホテルへ来てくれるように言って欲しい』とか頼んできたから……」

「それはすごくうれしいこと……なんだけどな」

亮は焼き鳥の煙のあがるグリルを見つめて続ける。

「俺がやりたいことじゃない」

自分で言うのもなんだけど、こんな大きなホテルじゃなく、ローカル線にある小さなコテージに亮がこだわる理由がよく分からなかった。

「どうして……コテージ比羅夫でいいの？　亮は」

こっちを向いた亮は、私の目をじっと見る。

「それを話すには、少しだけ昔話に付き合ってもらわなきゃいけない」

「昔話？」

「いいか？」

「いいけど……」

「だったら、この程度の酔いでは話せないなっ」

亮は店員を呼んでビールを追加で二つ頼むと、それがテーブルに来るまで待った。

二人ともキッチリ前のジョッキは飲み干して、新たなジョッキをなんとなくカチンとぶつけて乾杯する。

「それで、昔話って？」

亮は少しだけビールを喉へ流し込んでから、ゆっくりと話し出す。

「俺の両親は、俺が高校一年生の時に交通事故で死んだんだ……」

初っ端《しょぱな》から衝撃の展開だった。

ご両親が亡くなっているのは聞いていたけど、そんなに若い頃だったとは知らなかった。

「そんなに早くに？」

「親父の運転が悪かったんじゃないんだ。スピードを出して走らせていた若い子の車が対向車線にはみ出してきて、それが勢いよくぶつかって……ガシャンッてな」

亮は拳にした両手をぶつけてみせた。

「その事故でご両親を？」

「シートベルトもしていたし、エアバッグも作動したらしいけど……。車体側面に思いきり突っ込まれたから、親父の運転していた軽自動車は数回横転して、二人とも車内で全身を打って……救急車が現場に着いた時には、もう心肺停止状態だったらしい」

「……そんな」

私が目をウルウルさせていたら、亮が呆れたように微笑む。

「そんなことで泣くな」

「だって、可哀そうで……高校生の亮が……」

「もう十年以上前の話だぞ」

「そっ、そっか……」

私は一息入れてビールで喉を潤す。

「まぁ、そんなことがあって、俺達兄弟は両親を失ってしまったんだ。俺が高校一年生、兄貴はもうすぐ高校を卒業しようとしていた三年生の時だった」

それは十年以上前の話で、こうして亮が今は元気なのは分かっているけど、そんなことになった兄弟がすごく心配になる。

「とっても大変だったんじゃない!?」

私は前のめりになって聞いたが、亮は気楽に笑う。

「そうだな。家電メーカーに勤めるサラリーマンで、普通の親父で、あまりお金に執着するタイプじゃなかったし、生命保険なんかも『あんなの意味はない』って掛けてもいなかったからさ。数か月もしないうちに生活費に困ることが分かってきた」

「誰か頼れる親戚はいなかったの？」

亮は首を左右に振る。

「親父はもともと神奈川の出身なんだ。母との結婚を反対された時に『全員と縁を切る』くらいの勢いで飛び出してきたらしくてさ。昔からなんの付き合いもなかったんだ」

「そうなんだ……」

「葬式が終わったらすぐに、住んでいた借家の大家が『再契約は高校生じゃ無理だよ』って言ってきてさ〜」

私はその大家に対して怒りを覚える。

「なんてひどい大家なの!?　両親を同時に亡くして落ちこんでいる高校生の兄弟に、『さっさと出ていけ』みたいなこと言うなんて！」

頬をふくらませる私を見ながら、亮はうれしそうに笑う。

「本当におもしろいな、美月は」

私の心は大家への怒りで満ちていた。

「どっ、どこがよっ」

「そうやって人のことにも、怒ったり泣いたり出来るところが」

「えっ⁉ あっ、そう？ 私、なにか変⁉」

亮に改めて指摘されて、赤くなった頬を両手でおおった。

「それに……これは十年以上前の話だからな」

「そっ、そっか……そうだった」

知らないうちにのめり込んでしまって、私は思い切り大家に怒っていた。

「まぁ、そんなことがあって、俺達兄弟は突然困ってしまった。俺は十八歳未満だったから養護施設に入れっていう民生委員からの話があった時、兄貴は『自分が稼いで何とかするから、兄弟一緒に生活させてください』って説得しようとしたんだ。でも、住む場所もなくなりそうだったし『生活費はどうするんだ？』って言われてな」

「まだ二人とも高校生なのに？」

亮は思い出すようにうなずく。

「大学へ進学を予定していた兄貴は『俺が養う』って言い出して、高校を出たらすぐに働くことにしたんだ。でも、当面のお金もなく、アパートも追い出されそうで、民生委員は何度も『弟は養護施設に入れるべきだ』って言ってきてさ」

「そっ、それでどうなったの⁉」

私は映画を見ている観客のように惹きこまれ、前のめりで聞いた。

「その時……」

亮はもったいつけるように一拍置く。

「その時⁉」

近づけた私の顔の真ん中に、亮が伸ばした人差し指をピタリと向ける。

「コテージ比羅夫のオーナーが、俺達兄弟を助けてくれたんだ」

驚いた私は、カッと目を見開く。

「**えぇ――⁉　私――⁉　いや違う！　徹三じいちゃんかっ**」

バカな勘違いをした私を見て、亮は「酒が回ってんのか？」と笑っている。

「そう、狭い町だからな。どこかで俺達の話を聞いた徹三さんが、兄貴の『俺が養う』って決意に心を打たれたらしいんだ。そして『だったら、健太郎君はうちで働かないか？』って提案してくれてさ」

「そうだったんだ」

「高校を出たばかりの兄貴も簡単には就職先を見つけられないし、俺のこともあって地元を離れて働きに行きたくなかったから、その話は本当にうれしかった。それにな……」

私の顔を見直して、亮は話を続ける。

「徹三さんは『よかったらコテージに住まないか？　兄弟で』って言ってくれたんだ」

そこで西神楽帆乃歌が言いかけた話が、やっと頭の中で繋がった。

「だから、亮が高校の頃から、コテージ比羅夫に『ずっといた』ってことか」

「そういうこと。兄弟で一緒に住まわせてもらって、兄貴はコテージ比羅夫の仕事を手伝うことになって、俺達は本当に助けられたんだ……美月のおじいさんに」

「そうだったんだ……」

遠くを見るような目で、亮はジョッキを口へ運ぶ。

「もしかしたら……俺には料理の腕が少しあるかもしれないが、それを教えてくれたのも徹三さんだからな」

初めて聞く事実に、私は驚いて聞き返す。

「おっ、おじいちゃんがそんなことまで⁉」

「もともと料理を作るのが好きだったから、アルバイトでインペリアルホテルへ行っていたけど、忙しい時はコテージ比羅夫の厨房を兄貴と手伝うようになったんだ」

「その時に？」

「徹三さんが『お前は筋がいい』って言ってくれて、料理についていろいろと教えてくれた上に、高校を卒業したら調理師専門学校へ行く学費まで貸してくれてな」

そんな話は、徹三じいちゃんからなにも聞いていなかった。

コテージ比羅夫を「若い人達が手伝っている」というのは、母を経由して聞いていたけど、そんな経緯《いきさつ》があったとは知らなかった。

そして、改めておじいちゃんは「すごいな」と思う。

健太郎の決意に胸を打たれて、ただ「人助け」と思って言い出したのに違いない。

そう感じたのは、私もその立場だったら、きっと同じことをするような気がしたからだ。

そして、亮の料理の才能を早くから見抜き、それが生きていく上で大きな武器になると思ったから、調理師専門学校の学費も貸してあげたのだろう。

ビールを飲みながら、亮は昔を思い出すように言う。

「結局、学費は『借りっぱなし』になったけどな」

「そう簡単にはお金は貯められないよね」

私がそう言ったら、亮は首を振る。

「いや、インペリアルホテルに就職してから必死に貯めて、社会人になってから三年目くらいの時に、全額まとまったから返そうとしたんだ」

そこで徹三じいちゃんがどうしたのかは分かる。

「受け取らなかったんでしょ？」

「そう、よく分かったな」

亮がうれしそうな顔で私を見る。


「私もきっとそうするから……」


亮は遠くを見るような目をしてうなずく。

「美月も同じことをするだろうな。徹三さんは『そんな金は、もう忘れた』なんて言ってさ。『忘れた金を受け取るわけにはいかんだろ』って、どうしても受け取らないんだぜ」

「徹三じいちゃんぽいなぁ～」

亮は「だろ」と笑う。

「きっと、喜んでいるよ、おじいちゃん。そうやって亮が覚えていてくれること」

「だと嬉しいんだけどな……」

そこで私はいろいろなことが分かってきた。

「だから、おじいちゃんが体を悪くした時、インペリアルホテルを辞めてコテージ比羅夫に戻ってくれたの？」

亮は天井に目を向けて思い出しつつ答える。

「まぁな。三年前くらいかな～？　病気の体じゃコテージの仕事は大変なことも多いから、俺が手伝うことにしたんだ」

その時の徹三じいちゃんの反応も想像がつく。

「怒ったでしょう？　徹三じいちゃん」

「すっごくなっ」

亮はまるでいたずらっ子のような顔で微笑んだ。

「そうなるのは分かっていたから、完全にホテルを辞めてから荷物と一緒に帰ったんだ。そしたら『**なにバカなことやってんだ――!!**』ってな」

徹三じいちゃんの声マネをしながら言った亮は、最後に思いきりアハハと笑った。

「でも……うれしかったと思うよ、徹三じいちゃん」

「そうかな？」

そうつぶやいた亮は、私の顔を見てから続ける。

「美月が言うなら、そうかもしれないな」

私は改めて、しっかりと亮に向かって頭を下げた。

「ありがとう……亮。コテージ比羅夫に帰ってきてくれて」

私から視線を外した亮は、プイッと前を向く。

「それは……美月が言うことじゃないだろ」

私は亮の横顔にグッと迫る。

「きっと徹三じいちゃんが生きていたら言うんじゃないかなぁ～と思って」

そこで横を向いた亮と目が合った私は、ジョッキを持ち上げる。

「徹三じいちゃんに」

「徹三さんに」

私達は徹三じいちゃんを思い出しながらジョッキを重ねて乾杯した。

「だけど……それだけじゃないからな。俺がコテージ比羅夫に戻ったのは」

「そうなの？」

亮はワイワイと盛り上がっている店内を見回す。

「俺、こういう店が好きなんだ。スーツでも、ジャージでも、ドレスでも、作業服でも……。一人でも、カップルでも、家族でも、会社仲間とでもフラリと入れて、誰に気兼ねすることなく、好きなだけ美味しいものが飲んで食べられて、その日に会ったばかりのお客さん同士が一瞬で家族みたいに仲良くなって、楽しく美味しい食卓を囲める雰囲気がさ……」

久しぶりに多くを語ってくれた亮の瞳は、少年みたいにキラキラ輝いていた。

そして、その気持ちは、私が思う理想の宿とあまり違いはなかった。

「そういう宿になるといいな……コテージ比羅夫も」

「だんだんそうなってきているんじゃないか？」

私が「そう？」と聞き返したら、亮はフッと笑う。

「美月が来てからな」

そう言われてうれしかった私は、素直にニンマリと笑っておいた。

「だったらいいなぁ」

そこで私達は同時に手を挙げて、店員に『中生二つ！』と言った。

笑ったり泣いたり怒ったりの大変な一日だったけど、今は心から穏やかな気持ちに包まれている。

クリスマス間近の札幌の夜は、ほんのり温かく、ゆったりと更けていった。

第七章　年末のコテージ比羅夫

一年も大詰めとなった十二月三十一日。

クリスマス以降、年末に向けて数組のお客さんが宿泊に来たが、やはり「大晦日をコテージ比羅夫で過ごすか」なんて思うお客さんはいなかった。

「大晦日にはお客さんの予約はなさそう」

と、私がメッセージを送ったら、猟師の晃さんが、

「じゃあ、年越しパーティーやろうぜ！　いい鹿肉が入っているからよ」

と、返してきた。

もちろん、そんなおもしろいことを断る理由もないし、今年の大晦日はとても騒ぎたかった私は、二つ返事でOKした。

大晦日の昼過ぎに、いつもの自衛隊の車みたいな四輪駆動車に乗って比羅夫にやってきた晃さんは、クーラーボックス一杯の鹿肉といろいろな食材を持ってきてくれて、真っ白なコックコートに着替えて料理の仕込みに入った。

歌劇団の男役のような晃さんは、コックコートがとてもよく似合う。

年越しパーティーの会場は、いつものリビング。

料理が不得意な私に厨房で手伝うことはなにもないので、リビングをパーティー会場にするべく飾り付けをすることにした。

一瞬、大きなテーブルには白いクロスをかけようとしたが止めておく。

「こっちの方がいいか」

いたずら心の出てきた私は、赤と緑のチェック柄のクロスを引き出してテーブルにかけ、その上に金の燭台を並べて、長い真っ赤なロウソクを刺していく。

「壁が少し寂しいか」

こういうことを始めると、ブラック居酒屋チェーンでの忘年会の飾り付けを思い出す。

悪ノリになってきた私は、夏の終わりにここで高砂《たかさご》さんたちが婚約パーティーをしてくれた時に使った白や赤の布を倉庫から引っ張り出して画鋲《がびょう》で吊っていく。

コンセプトは見えなくなっていくが、装飾の勢いだけは出てくる。

「もうこうなったら！」

最後にはクリスマスツリーで使うＬＥＤイルミネーションを持ってきて天井の柱を通して、ダイニングの上に蜘蛛の巣のように広げた。

そんなことをしているうちに17時３分着の長万部行がやってきたのでチラリと見たが、

私が一両分だけ除雪したホームに下車するお客さんはいなかった。

北海道の冬の昼は短く、既に外は真っ暗で野外灯の明かりしかない。

真っ暗な闇の中で一本のスポットライトのように輝く野外灯は、チラチラと降る雪と次第に白くなっていくホームを照らしていた。

その時、駅前広場の方から車が停まる音がして、玄関ドアが開いたら段ボールを両手で抱えた健太郎さんが赤いスキーウェア姿で入ってきた。

健太郎さんは亮のお兄さんで二つ年上。ぶっきらぼうな亮とは違って人当たりもよく、眼鏡の似合う大人のイケメンといった感じだ。

夏は羊蹄山の山岳ガイドをしていて冬はニセコスキー場で働いているので、今日も背中に「ＰＡＴＲＯＬ」と白字の入った、上下真っ赤なスキーウェアだ。

「なんだか大変なことになっていますね」

私が装飾した室内を見た健太郎さんは目をパチパチさせた。

「せっかくの年越しパーティーですからね。まとめてパーッといかないとっ！」

「それもそうですね。これ差し入れです」

健太郎さんが私に段ボールを手渡してくれる。

中にはソフトドリンクやおつまみなどと一緒に、クラッカーや三角帽子が入っていた。

「おぉ〜さすが健太郎さん。細かいところまで気が利いてますね〜」

スノーブーツを脱ぎながら、健太郎さんが照れくさそうに笑う。

「私も美月ちゃんと同じで料理は得意じゃありませんから、こういうところでお役に立っておかないと……と思いまして」

「なるほど、そういうことですね」

顔を見合わせた私と健太郎さんはにっこりした。

リビングで健太郎さんと一緒に準備をしていたら、あっという間に一時間近くが経ち、長万部方面から18時5分着の列車がやってきた。

健太郎さんとホーム側の窓から見ていたら、車内でこっちへ向かって手を思いきり振っている女子が見えた。

「相変わらずテンション高いなぁ〜七海は」

私との札幌行がチームメイトのインフルエンザでキャンセルになった七海は、代わりに年末年始に休めることになり、新幹線アテンダント勤務を新函館北斗で終えてから在来線で比羅夫まで上がってきたのだ。

「お前はエロかわサンタかっ⁉」

そんな突っ込みを入れたくなるような七海は、真っ赤な裾フレアの可愛いワンピースを着て、ウエストを同じ色のリボンでキュッと結び、足元は黒のタイツにローファーというコーデで、その上から白いコートを羽織っていた。

ただ、年越しパーティーのドンチャン騒ぎに参加する衣装としては正しい。

ヒマワリの花を九百九十九本運んだことで、運転士の吉田さんとも仲良くなっていた七海は、キャッキャッと別れの挨拶をしてからホームに勢いよく飛び出し、私が除雪していないところへ着地した。

それを見ていた私と健太郎さんは、同時に『あっ』と言った。

比羅夫へ来るのにローファーを履いてきたエロかわサンタは、オーバーヘッドキックのような勢いでキレイに足を空に向けて滑りこけた。

降ったばかりの湿り気のない粉雪が、ボンッと舞い上がる。

「大丈夫かい⁉　七海ちゃん」

驚いて心配している吉田運転士に、七海は長い腕を伸ばして大きく振って、まったくめげることもなく一気に立ち上がって笑う。

サイドに編み込みを入れてきた七海の髪には、王冠のように雪がのっていた。

「大丈夫で〜〜すっ！」

七海は、頭やコートやワンピースについた雪をパンパンと払って、出発していく列車を見送った。そしてホームを走ってきて玄関ドアを勢いよく開く。

「こんばんは――!!」

七海は何ごともなかったかのように笑っているが、私と健太郎さんは思い切り登場シーンから見ている。

「いつもながら派手な登場だねぇ～七海は」

「あれ？　見てた」

顔を赤くした七海は、小さく舌を出してからローファーを脱いで上がってくる。

「ホームはコテージ比羅夫のステージだからね」

七海は「そっか～」と照れながらコートを脱ぎ、ダルマストーブの前へと走って行く。

両手を前へ出してすり合わせながら、ストーブで炙《あぶ》る。

「寒い～寒い～車内は暖かかったのに、一瞬で体が冷えちゃったよ～」

それは雪の中にダイブしたからだ。

私は七海からコートを預かりながらちょっとあきれる。

「新幹線アテンダントだったら毎日のように北海道に来ているんだから、雪にも慣れるでしょう？　あんな靴で滑るくらい分かると思うけど」

「北海道には毎日来るけど、駅から出ることはないから」

フフッと笑った七海は、私の格好を上から下まで見てあきれる。

「なによ、その地味な格好は？　パーティーならパーティーらしい服を着なさいよ〜」

「パーティーに着ていくような服なんて……」

そこまで言った私は、札幌で買ったドレスを思い出した。

「あったわ！　使わないともったいないから、私も着ようかな？」

「着ちゃえ！　着ちゃえ！　今日はパーティーなんだからっ」

「じゃあ、そうする！」

私はオーナー室へと戻って、札幌で買ったドレスを着込んでからリビングに戻った。

「へぇ〜美月さん、そんな服も着るんですね。とてもよくお似合いですよ」

健太郎さんはほめてくれたけど、七海は「ドレスが完全に浮いている〜」って笑った。

今日は七海も泊まりなので部屋に案内してから、お酒の用意をする。すると、山のように料理を載せた大皿を両手に持って、晃さんがリビングに入ってくる。

「おっ、パーティー準備は万端《ばんたん》って感じだな」

大皿をテーブルの中央にドンと置く。

「私も手伝います。七海と健太郎さんは座っていてください」

私は晃さんと一緒に厨房へ戻り、数々の料理をリビングへ運ぶ。

晃さんは大量の料理を作ってくれたので、テーブルは皿で一杯になった。

ホーム側には健太郎さんと七海が並んで座っていたので、晃さんと私はテーブルをはさんだキッチン側に座ることにした。

「これで腰を据えて飲めるな」

コックコートのまま座った晃さんが言う。

エロかわサンタ、パトロール隊員、コックコート姿の三人に加えて、私もピンクのドレス姿だったので、誰がどう見ても「仮装パーティー！」という雰囲気。

なんだかハロウィンのような気もするが、とりあえずめでたければいいだろう。

「ちゃんと晃さんのお部屋も用意してありますから、ゆっくりしていってくださいね」

「おぉ今日はそのつもりで来たぜ」

健太郎さんが一人に一つクラッカーを配っていく。

「やはり最初にはこれですよね」

私は集まってくれた三人の顔を見てから大声をあげる。

「**それじゃ〜第一回コテージ比羅夫年越しパーティーを始めたいと思いま――――す!!**」

全員で『おぉぉ〜』と盛り上がって拍手をしていたら、コトンコトンとレールを走る列車の振動が建物を通して体に響いてくる。

冬の列車の音はとても静かだが、ホームに立つコテージ比羅夫の駅舎には小さな振動となって伝わってくるので分かるのだ。

「これで帰ってきますかね？」

健太郎さんが聞くと、晃さんと七海が私の顔をのぞき込む。

少しだけ耳を澄ました私は、フッと微笑んだ。

「きっと乗ってる」

「そうですか。美月さんがそう言うなら、この列車まで待ちましょうか」

全員が注目する中、大晦日でも遅れることなく18時38分着の列車がホームに停車して、銀車体の前扉が開いた。ホームの野外灯の下に黒いコートの背の高い男の人が現れる。

運転士と手を挙げて挨拶したその人は、革靴なのに滑ったりせずに自分の家のようにホームを歩いてきて、待合室の引き戸をガラリと開けて入ってくる。

そして、少しうつむき加減でコテージ比羅夫の玄関ドアを開く。

その瞬間、私達はクラッカーを玄関に向けて、一斉にひもを引いた。

パンパンパンと軽い音がして部屋の中が花火のような匂いに包まれ、三角錐のクラッカーから飛び出した細い紙テープは、男の人の頭にドッと一気に降り注ぐ。

『お帰り――!! 亮』


私と健太郎さんと晃さんと七海で、声を合わせて亮を出迎えた。

少しだけ顔をあげた亮は、紙テープを髪から取りながら照れくさそうに言う。

「ただいま……」

タタッと駆け寄った私は、亮からコートを預かって背中を押す。

「コテージ比羅夫のために、お疲れさまでした」

「なっ、なんでこんなことになってんだ?」

亮が派手に飾られた室内と、コスプレのような四人を見回しながら聞いた。

私は指を折りながら言う。

「クリスマスパーティーと、コテージ比羅夫の忘年会と、亮のお疲れ様会と、年越しパーティーと……そして、もうすぐ新年会だから」

室内は、クリスマスだったり、正月だったり、ありとあらゆる派手な装飾が混ざり合ってにぎやかになっていた。それを見上げた亮はあきれる。

「どれだけ一緒に祝ってんだよ?」

お誕生日席に座らせた亮に、私は言った。

「だって、亮はまだクリスマスパーティーやってないでしょ？」

ニヤッと笑った亮は、いつものように不愛想に応える。

「ホテルが最も忙しい時に、そんなもんしていられるわけがないだろ」

「じゃあ、よかった」

私はワインクーラーから一本のシャンパンボトルを取り出し、ポンッと鳴らして栓を抜き、みんなの前に置いてあるフルートグラスに注いでいく。

そして、全員に注ぎ終わったら亮に振った。

「では、乾杯のご挨拶は、コテージ比羅夫のシェフの亮から〜〜〜!!」

亮は「つたく」と言って、フルートグラスを持って渋々立ち上がる。

「えぇ……俺がコテージ比羅夫に来たのは――」

分かりやすい前振りに、私は素早く突っ込んでおく。

「そこから!?」

みんなが笑った瞬間に、亮も笑顔でしゃべり出す。

「コテージ比羅夫は昔からいろいろあったし、きっと、これからもいろいろなことが起きるだろう……」

一拍置いた亮は、私達の顔を一人一人見てから続ける。

「でも……それでいいと思う。ここは家《ホーム》でみんな家族みたいなもんだから……」

顔を見合わせた私達が笑顔でうなずいたのが合図になった。

「それじゃ今年もお疲れ様でした。乾杯！」

テーブルの中央で琥珀色のシャンパンが入ったグラスを重ねる。

『かんぱ～～～～～い!!』

心地よいガラスの音色と、気持ちいい声が合わさった。

雪に閉ざされた比羅夫の駅は凍えるような寒さだけど、駅舎だけはオレンジ色の暖かい光に包まれている。

そして、コテージ比羅夫で、私は二回目の新たな年を迎えようとしていた。

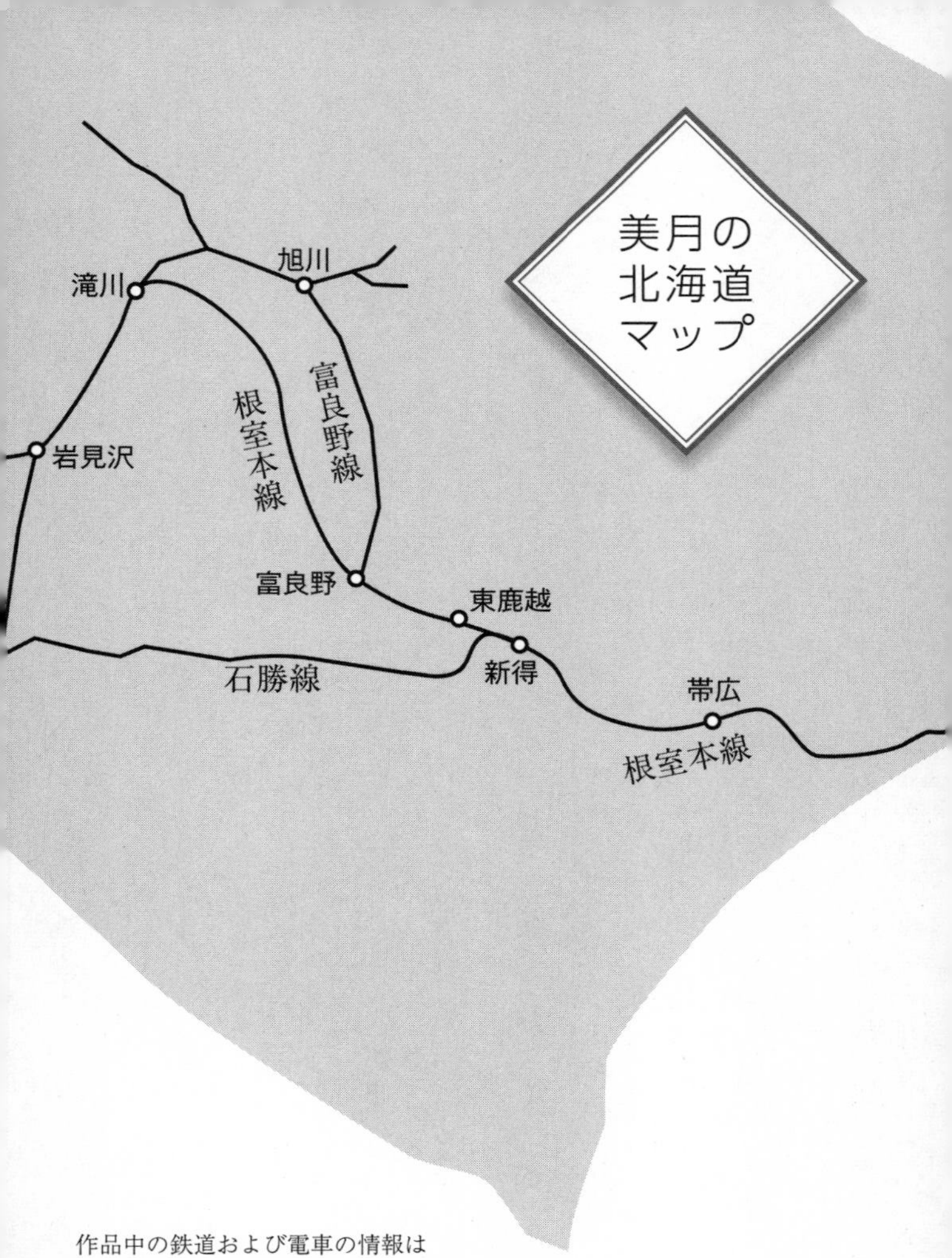

作品中の鉄道および電車の情報は
2022年1月のものを参考にしています。

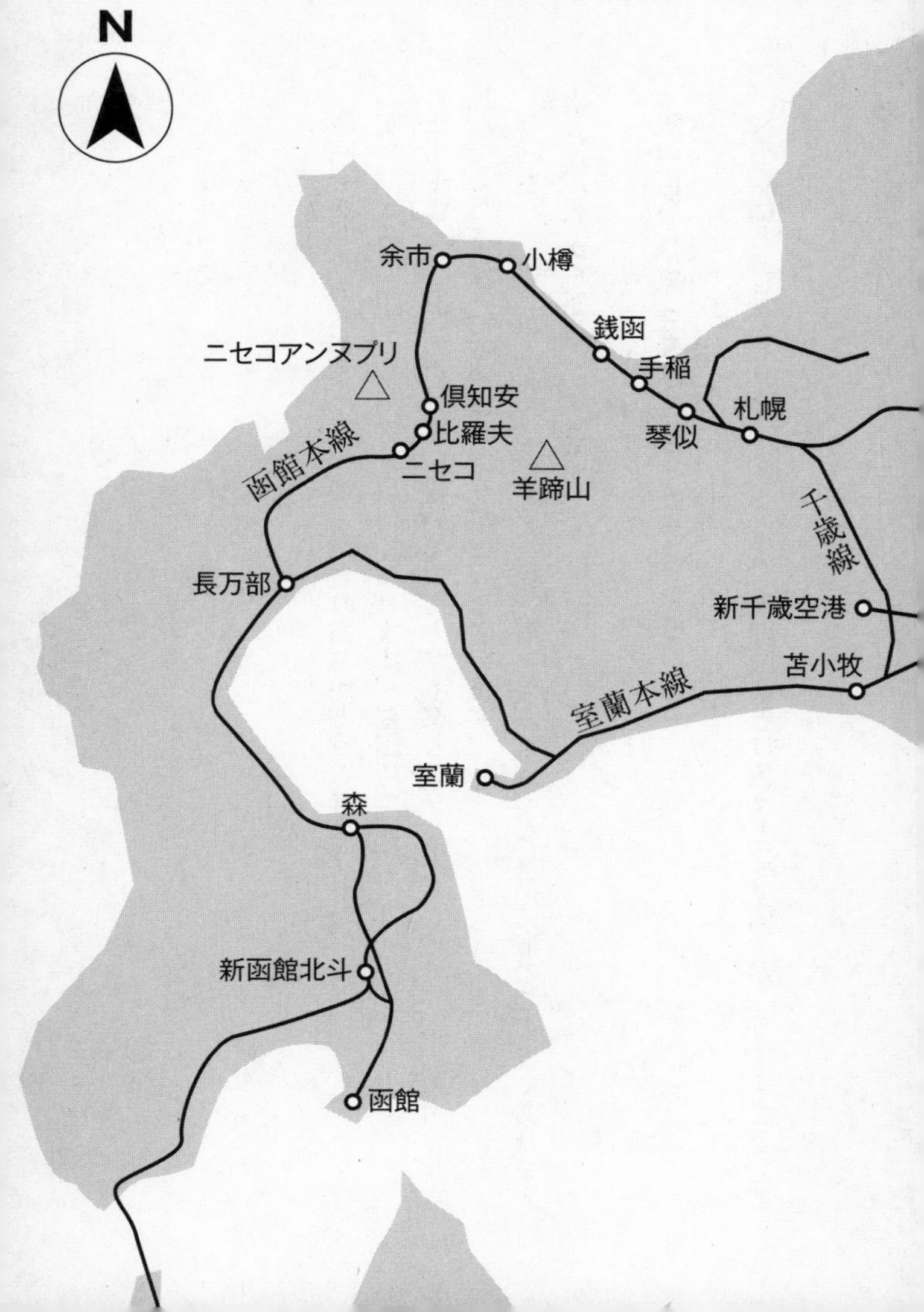
N
余市
小樽
銭函
ニセコアンヌプリ
手稲
倶知安
比羅夫
琴似
札幌
函館本線
ニセコ
羊蹄山
千歳線
長万部
新千歳空港
苫小牧
室蘭本線
室蘭
森
新函館北斗
函館

あとがき

今回もこちらの本を手にとってくださりありがとうございました。

「駅に泊まろう！」シリーズを書いております、豊田巧です。

よもやよもやの四巻目です。書いていてとても楽しいシリーズなので、本当に引き続き読んでくださっている皆様、ありがとうございます。

今回もお話の舞台となっています「駅の宿ひらふ」様、ならびに宿のご主人であります南谷《みなみたに》様に心から感謝いたします。


「駅の宿ひらふ」http://hirafu-station.com/

※小説はあくまでもフィクションで、実際の宿とは色々と違う箇所がありますことをご了承ください。

私が初めて「駅の宿ひらふ」に泊まったのは、丁度、カバーの絵のような時でした。その前に釧路《くしろ》駅を出発して釧路湿原（冬なので雪原ですが）を走る「SL冬の湿原号」で茅沼《かやぬま》駅まで乗りました。茅沼駅は雪原の中にあるポツンとした小さなローカル駅なのですが（今は無人駅です）、ここの駅長が長年タンチョウヅルに餌付《えづ》けをしてくれていたことから、うまくいくとSLが駅に着く頃に空から舞い降りてきてくれるんです。

その姿を車窓から見ていた私は、ここで下車するつもりはなかったのですが、そのあまりの優雅な姿に心惹かれてしまい、急いで荷物をまとめて下車しカメラに納めました。

「SL冬の湿原号」の走る釧網《せんもう》本線は多くの野生動物が見られる路線で、タンチョウヅル以外にも、オオハクチョウ、キタキツネ、エゾシカが夏でも普通に見られます。

釧網本線の列車に乗っていると、何度もファアンという警笛を聞いたり、急減速を体験したりすることになるのですが、それは野生動物が線路を横断していたり前を走っていたりするからなのです。皆様もお時間がありましたら冬の道東へ、是非。

さて、本編中には情報が間に合わなかったのですが、ついに函館《はこだて》本線の長万部《おしゃまんべ》から余市《よいち》間は「事実上の廃止」が決定しました。比羅夫《ひらふ》に「列車が来なくなる日」がきそうです。

とはいっても……北海道新幹線の新函館北斗《ほくと》―札幌開業予定は二〇三〇年度末（順調に

いっても）と、少なくともあと八年はあるので、私も美月《みつき》みたいに「あまり深く考えない」ようにして、引き続き楽しく書いていこうと思います。

てか、その前に「お前が八年も続けられるんかい？」と突っ込まれそうですが……（笑）。

ちなみに隣りにある倶知安《くっちゃん》には新幹線の駅が出来るとのことですので、小樽、余市、倶知安、ニセコという北海道の東側は、北海道新幹線開通によって大きく風景が変わっていくのかもしれませんね。

さて、今回は「ほんの少しだけ」進んだ美月と亮《りょう》ですが、比羅夫の時間のようにゆったりと流れていく二人の関係を一緒に見守っていただければ幸いです。

これからも皆様の引き続きの応援、よろしくお願いいたします。

次の列車で、お会い出来ますことを……。

今年は雪が多い

二〇二二年三月

この作品はフィクションであり、実在の個人・団体・事件などとは、いっさい関係がありません（編集部）

光文社文庫

文庫書下ろし

駅《えき》に泊《と》まろう！　コテージひらふの雪師走《ゆきしわす》

著　者　豊《とよ》　田《だ》　巧《たくみ》

2022年３月20日　初版１刷発行

発行者　鈴　木　広　和
印　刷　新　藤　慶　昌　堂
製　本　ナ　シ　ョ　ナ　ル　製　本

発行所　株式会社　光　文　社
〒112-8011　東京都文京区音羽1-16-6
電話（03）5395-8149　編　集　部
8116　書籍販売部
8125　業　務　部

ISBN978-4-334-79321-0　Printed in Japan

組版　萩原印刷

光文社文庫 好評既刊

ブラックリスト 辻 寛之
レッドデルータ 辻 寛之
焼跡の二十面相 辻 真先
サクラ咲く 辻村深月
クローバーナイト 辻村深月
みちづれはいても、ひとり 寺地はるな
正しい愛と理想の息子 寺地はるな
逢う時は死人 天藤 真
アンチェルの蝶 遠田潤子
雪の鉄樹 遠田潤子
オブリヴィオン 遠田潤子
さえこ照ラス 友井 羊
駅に泊まろう! 豊田 巧
駅に泊まろう! コテージひらふの早春物語 豊田 巧
駅に泊まろう! コテージひらふの短い夏 豊田 巧
隠蔽人類 鳥飼否宇
逃げる 永井するみ

にらみ 長岡弘樹
ニュータウンクロニクル 中澤日菜子
月夜に溺れる 長沢 樹
ロンドン狂瀾(上・下) 中路啓太
万次郎茶屋 中島たい子
ぼくは落ち着きがない 長嶋 有
霧島から来た刑事 永瀬隼介
海の上の美容室 仲野ワタリ
SCIS 科学犯罪捜査班 中村 啓
SCIS 科学犯罪捜査班Ⅱ 中村 啓
SCIS 科学犯罪捜査班Ⅲ 中村 啓
SCIS 科学犯罪捜査班Ⅳ 中村 啓
スタート! 中山七里
秋山善吉工務店 中山七里
能面検事 中山七里
蒸発 新装版 夏樹静子
Wの悲劇 新装版 夏樹静子